멜 후리는 노래

멜 후리는 노래

임시찬 제3수필집

정출판

삶의 그림자

동분서주하며 애면글면하던 또 한 해가 덧없이 가고 입춘을 첨병으로 저 멀리 봄이 오는 소릴 듣습니다. 나이가 더할수록 한 해가 쳇바퀴 속도에 가속이 붙는 듯하고 덩달아 마음도 조급해집니다. 저가 가슴으로 낳은 자식들이 아직은 태작이고 미숙아인 것을 알면서도 출가를 시킵니다.

어느 하나 뚜렷이 잘난 놈도 없지만, 그냥 가둬둘 수만도 없어 못난 자식이지만, 그래도 출가를 시키려는 부모의 마음으로 내보냅니다. 나의 경험이 누군가에게는 간접 경험으로 도움이 되기를 바랍니다.

자신의 불만을 아름다움으로 승화시킬 수 있는 소양을 가지고 있는 사람을 작가라고 하는데, 저는 프로이트의 주장대로 작가는 일종의 정신이상자 쪽에 가까운 듯합니다. 흥리를 포장하여 예술성을 다듬지 못하고 보고 느낀 대로 손이 가는 대로 마무리했습니다.

마음속의 지워지지 않는 흔적들을 문학적 향기는 별로 없지만, 많은 사람이 즐겁게 읽어주기를 바랄 따름입니다.

　펜이 가는 길을 쉽고 편하게 갈 수 있도록 늘 인도해 주시는 동보 선생님과 선비 작가님 고맙습니다.

2024년 5월

임시찬

| 차례 |

제1부 집 이웃 밭 이웃

제2부 사필귀정

제3부 동생이 오는 날

제4부 경자유전

제5부 바다 건너 저편에

제6부 멜 후리는 노래

제1부

집 이웃 밭 이웃

홀아비 예행연습

마취가 덜 풀린 아내가 이동 침대에 실려 병실로 들어선다. 겁이 많은 아내의 손을 잡고

"걱정하지 마, 잘 될 거야."

수술실로 들여보낸 3시간여 조마조마 기다렸다.

"괜찮아?"

걱정스레 물어보는 나를 안심시키려는 듯

"아픈 걸 느낄 수가 없어."

희미하게나마 말을 한다는 게 그나마 안심이 된다.

30분 동안 잠을 재우지 말라면서 간호사가 총총 나간 후 눈이 감기려는 아내 곁에서 이제 겨우 엄마를 알아가는 외손주 이야기를 하다가 말썽 피우는 손주들을 차례로 엮어가며 시간을 채우고 나니 간호사가 와서 이제 물을 마셔도 좋다고 허락한다.

어느 날인가 오른쪽 무릎이 시큰거린다면서 파스를 붙이기 시작

했다. 늙어 가는 조짐이겠지 하고 대수롭지 않게 생각했었다. 병원과 한의원을 두루 찾기 시작하고 주기적으로 관절 주사를 맞았지만, 차도는 보이지 않았다. 통증을 호소할 때쯤에는 매스컴에서 선전하는 약, 용하다는 병원, 무당에게까지 의탁도 해 봤다. 나름대로 성의를 다했지만, 주춤거리는 듯할 뿐, 더 이상의 효과는 없었다.

성한 다리 쪽에 힘을 실리다 보니 결국 양쪽 모두 휘어지고 얼굴과 몸매 빼고는 예전의 모습이 아니다. 나이에 앞서 얼굴에 이랑이 제멋대로 파여 간다. 지청구의 곡조가 예전과 달라지는데 나 자신은 점점 죄인인 양, 어깨가 졸아든다. 대학병원 전문의한테 의탁한 지 2년이 지나지만, MRI 촬영을 하고 주기적으로 약을 처방하는 데 고작 진통제가 최후의 보루다. 인공관절 수술 후 15년 이상 유지가 어려우니 고령화 시대에 맞춰 시기를 최대한 늦춰야 좋다는 소견이다.

수술은 서울에서 하고 재활은 제주에서 하는 게 상책이라고 주위에서 권한다. 매스컴에서 굴지의 대학병원 전문의가 농어촌의 고령 노인의 허리도 펴 주고, 무릎도 고쳐 주는 감동 스토리가 인기를 끈다. 연락처를 수소문하고 진료를 예약했다. 전국에 환자가 얼마나 밀렸으면 6개월 후에나 가능하다는데 별도리는 없었다. 통증클리닉병원과 대학병원을 꾸준히 다니면서도 혹시나 수술하지 않고 관절이 좋아지는 방법이 없나 하고 구석구석 기웃거리지 않은 곳이 없었다. 심지어 괭이 들고 약초를 캐고 민간요법도 원 없이 해 봤다.

드디어 오래도록 기다리던, 매스컴의 원장이 있는 서울의 병원 진찰 차례가 되어 희망을 품고 낯선 길을 더듬으며 어렵게 찾았고 TV에서 뵈던 분을 직접 만날 수 있었다. 뭔가 길이 보이는 듯한 것도 잠시, 수술하려는 환자가 줄 서 있는데 1년을 기다리라는 것이다. 역시 소문난 명의를 찾는 나 같은 사람이 엄청 많다는 사실을 느낄 수 있었다.

꿩 대신 닭이라고 했던가, 경험자의 자랑으로 목동에 있는 전문병원을 방문했고 한 달 이후 수술 날을 정할 수가 있었다. 하루 전에 입원하고 수술을 했는데 간병인도 필요 없고, 문병도 코로나19로 사절이다. 아내의 손을 오래 잡고 있을 여유가 없다. 비행기 시간에 맞춰 이별해야 한다. 겨우 물은 마시게 되었지만, 고개를 들지 못하는 아내를 혼자 두고 돌아서는 발길이 천근만근이다.

제주도 특이한 방언이 주위를 어색하게 하지 않을까, 같은 병실 환자와 쉽게 어울릴 수 있을지 걱정이다.

"잘 지내고 있어."

어린 아기 혼자 두고 오는 것 같아 안쓰러운데 알았다고 걱정하지 말라고 눈으로 마중하는 눈망울에는 이슬이 맺힌다.

대문을 열고 들어선 마당은 변한 게 없는데, 왠지 허우룩하다. 열 살 때 이사 와서 육십 년 구석구석 각인된 집인데 아무도 없다는 생각에 초면인 듯 어색하다. 혼자 숟가락을 들었다가 내려놓고 술잔부터 비운다. 식탁 위 밥을 조그만 상 위로 옮겨 TV와 마주 앉았다. 사람을 보면서 식사하는 일이 이리 좋은 줄 몰랐다. 숟가락을 들면서도 왜 아내가 없는 방을 자주 쳐다보는지 괴이한 일이다. 있을 때는 전혀 느끼지 못했던 일인데….

오늘따라 술맛이 좋다. 노틀의 술기운 서린 눈이 거시시한데 희미하게 아내가 보인다. 그동안 모질었던 삶의 우여곡절을 함께한 아내가 흉리를 몽땅 털어놓지 않아도 몸짓, 눈짓만으로 알아채는 게 신기했다. 정열의 젊음도 자식 키우는 정성도 삽시에 사라지고 고분고분

하던 모습은 흰머리 나오면서 자취를 감췄다. 애들 보는데 흉 될라. 말과 행동을 조심하라고 이르던 게 어느덧 부탁이 되었다. 비록 덕지 덕지 기워 입은 험한 삶이었지만, 그래도 제일 만만한 게 아내뿐이었다는 생각이 든다. 사랑보다는 아집과 큰소리, 지나온 모퉁이마다 자랑삼을 만한 게 별로 없다.

혼식, 혼술, 혼숙한 지 2주째다. 앞으로 한 달은 이렇게 지내야 한다. 그간 교육이다. 여행이다. 하면서 짧은 별거는 했지만, 결혼하고 처음으로 긴 별거다. 기약 없는 이별을 준비해야 할 나이지만, 모든 게 생소하고 서툴다. 냉장고 내용도 모르고 세탁기도 서툴고 삼시 세끼는 귀찮은데 살기 위해 밥통을 연다. 먼저 혼자된 친구들을 이해하는 기회가 되었다.

훗날 건강한 다리로 불편한 나를 성심으로 간호하기 위해서 학교에 보냈다고 자위를 한다. 수술, 재활 1년여를 공부시키고 그간 나는 훌륭한 간병인을 얻기 위해 홀아비 체험을 열심히 할 것이다. 애탄 가탄 열심히 살아온 아내를 위해 무언가 할 수 있다는데 위안을 느낀다. 가볍게 걸을 수 있는 날에 손잡고 행복을 찾아 세상도 돌아보고 종착역 갈 때까지 건강하게 같이 가는 게 소원이다.

새벽 4시 동창을 열면 변함없이 나를 비추는 샛별을 보면서, 나를 위해 정성으로 빌던 어머님의 비손을 빌려 퇴원하고 내 가슴으로 뛰어오는 건강한 아내를 그려본다.

목욕탕의 전설

　정초에 온 마을이 들썩거린다. 꽹과리를 선두로 북과 설장구 소리, 느릿한 여덟팔자걸음 하면서 길게 수염을 단 영감도 있고, 스님도 있다. 곱게 새색시로 단장한 부인도 있지만, 단연 주인공은 거지와 총을 든 사냥꾼이었다. 흥에 겨운 몸놀림과 구경하면서 뒤를 따르는 아이들 온 마을이 시끌벅적하다. 집마다 막무가내로 들어가서 마당을 한 바퀴 돌면서 잡신 물러가라고 굿을 한다. 집주인이 고맙다고 형편에 따라 돈도 주고 곡물 몇 됫박을 내놓기도 했다.

　당시 부인회가 주축이 되어 마을의 숙원이었던 목욕탕 건립을 위해서, 걸궁으로 모금 활동을 한 것이다. 마을의 중심지이고 당시에는 조그만 방앗간 있던 자리를 매입해 그럴싸한 목욕탕을 건립했다. 당시 지도자들의 마을숙원사업을 이루기 위해서 온 정성과 고난과 눈물 어린 사연들이 결국, 이루어낸 것이다. 높은 굴뚝에서 검은 연기가 오를 때 지도자들의 감회와 전 이민의 감격과 기쁨, 지금 생각만 해도 감격스러운 장면이었다.

내부라야 들어서면 조그만 옷장이 있고 문을 열면 가운데 둥그린 목욕탕과 벽면에 드물게 수도꼭지 몇 개가 전부다. 김이 가득 서려 누가 있는지조차 한참 있어야 희미하게 드러난다. 하지만 당시에는 명절 때가 가까워야 부엌 큰솥에다 물을 데워서 어머니가 순서대로 때를 밀어주던 시절이다. 이런 시절에 현대문명을 만났으니 얼마나 감격이 컸는지 모른다. 그러나 목욕비도 아껴야 하던 때라 자주 할 수는 없었다. 어쩌다 한번 가는 목욕탕에 아주머니 목욕 가방에는 빨랫감이 수북했고, 탕 안에는 물 위로 때가 넘쳐났다.

옆집 장작 눌 위에 숨어서 조그만 여탕 문 안을 도둑 고양이처럼 살피다 들켜 혼이 나고, 남탕과 여탕 칸막이가 천장 위로 열려 있어 등을 구부리고 한 놈은 올라타서 김이 서려 보이지도 않는 여탕을 보다가 들켜 혼쭐나기도 했다. 이제 목욕탕을 건립한 대다수 지도자님과 목욕탕에서 빨래하던 아주머님들은 마을 공동묘지 지키려고 떠나셨고, 훔쳐보던 아이는 할아버지가 되었다.

전 주민의 협동의 산물이었던 목욕탕은 점차 주변 다른 마을의 새로운 현대식 시설을 갖춘 목욕탕으로 옮겨가는 바람에 어느 날 조용히 사라져야만 했다. 지금은 그 자리가 자동차 주차 공간으로 변했다. 우리 마을은 읍 관내의 20%의 인구가 사는 꽤 큰 마을이면서도 목욕탕이 하나도 없다. 전 주민이 원하면서도 누구 하나 나서는 이도 없다.

설 촌 당시부터 우마로 경작하던 시절 우마를 놓아 방목했던 마을 공동목장이 있었다. 이 목장은 측량 당시에는 세금 등 어려움으로 마을소유명의로 등기는 하지 않았지만, 유축 농가뿐 아니라 마을 사람들이 해마다 풀을 베고 무너진 담장을 손질하면서 가꾸어 온 소중한 자산이었다. 제주도에 골프장개발 붐이 일면서 업자가 눈독을 들였고, 행정의 힘을 등에 업은 업자는 선량한 주민들에게 지키지 못할 약속을 했다. 허울 좋은 협약서란 것을 제시하면서 일을 도모해 나간 것이다. 그렇게 소중하게 가꾸어 오던 넓은 땅이 고스란히 업자 차지가 돼 버렸다.

당시 주민들이 현혹된 협약서 내용 중에는 여러 가지 많은 것들이 있지만, 그중에서 현대식 목욕탕을 만들어 준다는 내용이 들어 있었다. 얼마나 많은 주민이 기대했는지, 지금 생각하면 순진한 당시 지도자들을 원망하지 않을 수가 없다. 협약서에는 기한과 조건이 필수인데 필수사항에 빠진 것이다. 즉 언제까지 해 줄 것이며, 만약 실행하지 못할 시에는 어떻게 한다는 조건이 없다.

지금 운영 상황이 어려우니 상황이 풀리면 해주겠다는 업자 편에 서 있는 사람도 있다. 너무나 이기적이고 황당한 사람들이며, 옛날 어렵게 목욕탕을 건립했던 역사를 망각한 사람들이다. 이런 핑계 저런 핑계를 하면서 사업을 계속하는 염치없는 업자도 밉고 업자 편에 서서 이득을 보는 사람도 밉지만, 감언이설에 넘어간 나 자신이 더 밉다.

골프장 자리는 너무나 아까운 자연환경과 곶자왈 자리였다. 환경단체가 저지할 때 업자와 생각을 같이하는 지도자들의 선동으로 버스를 전세하고 도의회와 도청 앞에서 생존권을 주장하면서 골프장 유치를 목청껏 요구했던 것도 다름 아닌 협약서 내용 때문이었다.

새로운 문화에 길들어지면 중독성이 있는 것 같다. 휴대전화 없이 먼 길 가는 게 불안하게 느껴지고 적어도 일주일에 한 번 목욕탕에 가지 못하면 온몸이 청결치 못한 듯하다. 이웃 마을에는 목욕탕이 네 군데나 있다. 매번 가서 보면 우리 마을 주민들을 만날 수가 있다. 만나면 첫 마디가 "우리 마을에도 생겨야 할 텐데." 하면서 아쉬워한다. 목욕탕은 이제 때만 미는 곳이 아니다. 발가벗은 몸으로 진솔한 인사와 대화와 서로 때를 밀어주는 협동과 어르신의 등 때를 밀면서 경로효친의 산교육장이 된다. 등을 밀어 드리는 착한 아이를 보면 가정교육과 자라서 지역을 위한 일꾼의 장래를 보는 듯하다.

드디어 목욕탕이 사라진 지 오십 년 2018년 정월 현대식 목욕탕이 생긴다. 얼마나 오랫동안 기다려 온 세월인가, 어려운 일들을 모두 물리치고 문을 연다. 처음 목욕탕을 설립했던 분들도 지하에서 얼마나 고대했을까? 이제는 그분들께 체면 서게 된 걸 기쁘게 생각하고, 다시는 다른 마을에 목욕 가는 일 생기지 않기를 염원해 본다.

표현의 자유

법원으로 향하는 발길이 무겁다. 심호흡 한 번 하고 통지받은 대로 시간에 맞춰서 제주지방법원 301호실로 들어섰다. 개인 사건이 아니라 마을의 송사와 관련된 재판이다. 어느 마을이나 사업을 진행하는 과정 또는 행정을 집행하는 과정에서 불협화음이 있기 마련이지만, 보통 향약에 따라 총회에서 시시비비를 가리고 결정하는데, 법정에까지 비화되는 경우는 그리 흔치 않다.

묘산봉 관광단지 사업은 2005년에 개발되기 시작하였다. 농경사회에서 절대적인 우마를 키우면서 방목했던 자리인데 시대변천에 따라 가축이 없는 단순 임야 지가 되었고, 당시 군유지였던 자리에 관광단지 조성 계획이 발표되면서 사업자가 선정되었다. 마을과 상생 차원에서 협약서도 교환했지만, 자금 사정으로 진행이 순조롭지 못해 사업 시행자가 교체되는 상황까지 겪으면서 협약서 이행은 부실할 수밖에 없었다.

마을의 대표로 선임된 후 사업 시행자 대표이사와 면담하는 자리에서 주민을 대표해서 사업장을 살피고 이를 주민에게 전달하는 모니터링 제도를 시행하여 공감대와 신뢰를 구축하자고 제안했고, 쾌히 승낙을 얻어 시행함으로써 주민과의 불신과 갈등을 조금은 해결할 수 있었다.

이를 계기로 대표이사와는 허심탄회 농담까지 주고받는 사이로 발전할 수 있었던 것은 지역을 위해서도 참으로 다행한 일이라 생각한다. 사석에서 문화예술의 창달을 위해 기금을 부탁했는데 큰 자금을 조달해줘서 문화예술단을 운영하게 된 것은 참으로 고마운 일이다.

사업 시행자가 리조트 전문 그룹과 합작투자를 유치하여 동력을 얻으려 한다는 계획을 전한다. 협약서 내용 중에 '사업 시행자가 투자자를 유치하는 경우 마을에서 적극 협조를 한다.'라는 문구가 있다.

책임자로서 욕심이 생겼다. 이왕 큰 기업을 유치하는 데 협력하면서 뭔가 얻어야겠다는 마음이 들었다. 매년 2억씩 10년간 복지금 출연뿐 아니라 마을의 이익을 위한 여러 가지 주문을 상생 협약서에 추가하여 성립시켰다. 물론 모든 과정은 마을운영위원회와 논의를 했고 향약을 준수했음은 물론이다.

절차에 따라 평온하게 진행된 사안이라 별문제가 있을 거라는 생각은 안 했는데, 엉뚱하게 사건이 발생했다. 주민설명회가 있기 전에 인터넷 기자가 포함된 듣도 보도 못한 기업체가 명함을 주면서 현재 사업 시행자는 자금이 없어 합작투자자를 유치 땅장사를 하려고 하니 우리 기업체를 도와주면 이득을 얻게 해준다고 끈질기게 달라붙었다.

단호하게 거절했다. 협약서를 지켜야 한다. 정 인수하려면 사업체를 직접 만나서 해결해야지 갈등을 부추겨서 분란을 조성하지 말라 하고서 돌려보낸 사실이 있다. 이 사람들과 직접 연관이 있는지는 모르지만, 총회에서 승인된 사안을 반대하는 진정서에 협약서 내용을 누구보다 잘 아는 이장과 협약서에 참여한 동장 총회승인 과정에 참여한 대의원까지 3인이 주동하여 결정 사항에 대한 반대 서명을 받는다는 것이다.

물론 총회 결정에 대해 재심의를 요구하는 내용이 향약에 포함되어 있으니 못할 바는 아니다. 우리 마을은 참여자의 민주적인 결정으로 정하는 외에 재심의를 요구할 수 있는 심의 민주주의를 택하고 있다. 재심의를 요구하는 진정서가 마을이 아니라 행정에 제출됨으로써 사건이 시작되었다.

향약 위반이고 투자자 유치를 승인한 총회 결정을 무시했으며, 상생 협약서를 위반한 것이다. 마을에 아무런 도움도 없는데, 막무가내 투자자 유치 반대를 관철하려는 행위는 속내를 전연 모를 일이다. 대화를 촉구했지만, 설득이 안 된다. 총회가 열렸고 징계가 결정됐다. 이를 계기로 소송이 시작되었다.

마을 주민 70% 이상의 향약 위반자의 징계는 당연한 것이고, 누구나 표현의 자유를 주장하면 마을의 질서와 운영은 어떻게 유지할 수 있느냐는 진정서까지 제출했다. 본 재판이 열리기 전에 중론을 거치지 않고 법원에 마을의 화합을 위해서 화해할 수 있도록 도와달라는 탄원서를 제출했다.

개인적으로는 향약 위반을 인정하면 화합을 위해서 징계를 철회

하도록 도와주고 싶었다. 화해 조정한다는 판결문이 왔고, 2주 안에 답을 하라는 것이다. 판사 결정이 고맙지만, 표현의 자유를 주장하는 상대방은 이에 불응했다. 좋은 미끼를 물었는데 뱉을 수 없다는 의중이다.

마을 향약의 한계를 느끼면서 징계철회 하라는 판결을 따를 수밖에 없지만, 향약을 준수하여 결정하고 집행한 과정에는 하자가 없다고 했다. 비록 마을 법보다 나라 법이 상위이니 따를 수밖에 없지만, 향약 위반자라는 멍에는 평생 짊어지고 살아갈 것이다. 멍에를 벗으려면 표현의 자유를 주장하면서 민주주의 헌법 뒤에 숨을 게 아니라, 떳떳하게 향약을 위반한 사실이 없다는 소를 제기해서 승소해야 한다.

총회에서 사과하라 했지만 막무가내다. 불쌍한 사람들이다.라는 생각과 임기 말년에 주위에서는 대법원까지라도 계속해야 한다고 했지만, 후임자에게 짐이 되고 임기 내에 욕을 먹더라도 마을의 평화를 위해서 홀홀 털어버려야 한다는 각오로 총회에서 항소 포기를 선언했다. 무력감보다 부끄럽지 않은 자신의 용기에 무게를 실은 것이다.

한편으로 향약을 무시하고 국법에 의존하는 이런 사람들이 두 번 다시 출현하지 않기를 빌어본다. 반대하는 이유는 "개발이라는 미끼로 공유지를 헐값에 매입하여 지가를 올리고 투자자를 유치한다는 명목으로 큰 이익을 챙기고 빠지려고 한다."는 것이었다. 이를 먹튀라고 주장하면서 기자회견까지 야단법석을 떨었다.

이에 혹한 주민도 적지 않았다. 결론적으로 행정에서 투자유치는 정상적인 사업으로 인정되었고, 무엇보다 그들의 주장대로 먹튀를 하지 않고 사업을 계속 이어가고 있다는 사실이다. 반대한 진짜 이유를 언제까지 숨길 수 있을지 모르지만, 끝까지 노출되지 않기를 빈다.

졸업과 입학 사이

기해년 황금돼지해 첫날, 해돋이 구경한다고 떠들썩하더니 어느새 또한 해가 저물어 간다. 며칠 전에 장손의 초등학교 졸업식을 알리는 며느리 전화를 받으면서, 세월이 참 빠름을 느꼈다.

장손이 병원에서 출산했다는 연락을 받은 날은 인부들과 양파를 수확하고 출하하는 날이었다. 첫 손자를 보고픈 마음은 이미 병원으로 달려가건만 일을 중단할 수가 없었다. 무더운 날씨에 인부를 독려하면서 서둘러 출하 준비를 마친 시각은 오후 5시가 넘었다.

농협에 사정을 알리고 순번을 앞당겨 달라고 해 봤지만, 생산 농민 모두 아우성치는데 쉽지가 않았다. 직원이 와서 양파 몇 망사를 저울에 올리더니 무게가 부족하니 모두 재 작업하라고 한다. 기가 막힐 노릇이다. 마늘은 수량이 많지 않아 일일이 무게를 확인할 수 있지만, 양파는 그렇게 할 수가 없어 처음 몇 망사 가늠하는 게 고작이다.

망사 숫자를 줄이자고 해 봤지만 막무가내다. 수건을 동여매고 야속한 직원 욕하는 것으로 화풀이하면서 재 작업했던 기억이 새로운데 벌써 13년이 되었다.

연못가 봄풀이 채 꿈도 깨기 전에 계단 앞 오동나무 잎이 가을을 알린다는 옛 시인의 노래가 생각난다. 교수님 강의 중에 나이와 세월은 비례한다고 했지만, 믿지는 않았다. 20대에는 20마력으로 50대는 50마력으로 늙어 간다 했는데, 종심에 이르고 보니 실감이 난다. 달력을 보면서 또박또박 세월을 짚으며 계획하고 실행하면서 살아왔는데, 언제부터인가 요일에 관심이 없어지고 무얼 하는지 하루하루가 너무 빨리 지나간다.

겨울방학이 끝나는 2월에 졸업하고 3월에 입학하는 게 상례인데, 손자가 다니는 학교는 교실 증축공사와 관련하여 12월 말에 졸업식을 한다는 것이다. 촌에는 학생 수가 모자라 난리인데 시내는 넘쳐서 증축까지 한다니 부러운 일이다. 개교한 지 얼마 되지도 않았는데도 졸업생이 70명이 훨씬 넘는다고 한다. 많은 학생 중에서 상장까지 받으며 졸업하는 손자가 대견스럽다. 살기 바빠 뒷바라지도 제대로 못 해준 아들인데 반듯하게 아이를 키우는 아들 내외가 고맙다.

손자 졸업식장에는 늦게 도착했지만, 단상에서 기념사진을 찍었다. 신발이 나보다 큰 손자의 건강한 웃음을 기념으로 남길 수 있어 좋다. 호텔 뷔페에서 점심을 하면서 졸업을 축하하고 희망했던 중학교에 갈 수 있다는데 기쁨을 같이했다. 좋은 시대에 태어나 교복과 모자까지 학교에서 해준다고 하니 책가방 하나는 할아버지가 마련하기로 했다.

내게도 초등학교 졸업하던 시절은 있었다. 물론 당시에는 국민학교라고 했지만, 촌에도 학생 수가 적지는 않았다. 지금과 다른 장면은 졸업식장에 꽃은 없고 눈물이 많았다고 회상해본다. 중학교도 시험을 치르고 입학했다. 불합격되는 학생보다 가난 때문에 진학하지 못하는 학생이 더 많았다. 특히 여자들은 남동생의 교육을 위해서 포기를 하고 어머니 따라 해녀 일을 배워야 했던 시절이었다.

밑으로 동생이 넷이고 골골거리는 병약한 어머니는 나를 진학시킬 수가 없었다. 당시에는 우리 집뿐 아니라 주위 모두 비슷했다. 배급받는 석유를 아끼느라 밤에 등불도 일찍 꺼야만 한다. 기름을 적게 쓰려고 등잔불 밑에서 공부를 했다. 콧바람에도 꺼지는 희미한 불빛으로 책을 볼 수 있다는 것만으로도 행복한 시절이었다.

학용품이 무척 귀했다. 매달 시험을 치르는데 1등이면 연필 두 자루에 지우개 하나, 2등은 연필 한 자루와 지우개, 3등은 연필 한 자루가 나에게는 큰 위안이었다. 모두 재일교포가 보내준 것인데 국산 연필과는 질이 달랐다. 타려고 노력도 했고 성과도 있었다. 중학교 입학시험에서 3등 안에 들면 장학생이 되고 납부금을 면제받았다. 희망이 있었는데 진학을 포기해야 하는 어린 가슴은 허탈하기만 했다.

진학하는 아이들은 모여서 공부를 하는데, 나는 진학 못 하는 아이들 또는 후배들과 어울려 놀이에 빠졌다. 책을 놓은 지 한 달 후 중학교 시험을 치를 때에야 아버지가 입학하라는 것이다. 시험이 눈에 들어올 리가 없었다. 소싯적 일을 생각하여 한탄하려는 게 아니라 졸업과 입학 사이 공백을 어떻게 메우느냐에 따라 많은 변화가 생길 수 있다는 것을 말하려는 것이다. 특히 졸업하고 두 달 이상 지나야 입학하게 되는 손자가 걱정된다.

점점 실력 있는 학생끼리 조여드는 험난한 행로에서 뒤처지는 것은 순간의 방심이다. 손자가 영리하다는 걸 성장 과정에서 감지했지만, 영리한 사람이 성공하는 사례는 그리 흔치는 않다. 영리한 사람은 나중에 해도 된다는 자만심이 들 때 이미 추락은 시작되었다고 본다. 비록 영리하지 못해도 노력하는 사람이 끝내 성공하는 사례가 흔한 세상 아닌가.

벌은 1㎏의 꿀을 얻기 위해 500만 송이 꽃을 찾아서 난다는데 쉽게 얻을 수 있는 것은 아무것도 없다. 국적은 바꿀 수 있지만, 동창은 바꿀 수 없다고 했는데, 진학한 학교에서 격의 없이 뜻을 나눌 수 있는 좋은 벗을 만났으면 하는 바람이다. 이 모든 것은 건강 다음에 이루는 일이니, 심신 단련이 최우선이다. 졸업은 끝이 아니라 입학을 위한 준비 기간이다.

유 자식이 상팔자

여명은 아직 멀었는데 후드득 창문을 두드리는 빗소리가 잠을 깨운다. 울 밑에 수국이 만개할 즈음이면 으레 먼저 찾아오는 장마가 횟대비를 선두로 입장을 했다. 예전에는 언제 가겠다고 가랑비를 시켜 예고하고 할아버지 무릎에도 연락하면서 장마가 시작됐는데, 요즘 장마는 도대체 버릇이 없다.

한 달 내내 가물다 하루만 비가 와도 마무리 못 한 일이 숱한 농촌이지만, 어쩌면 장마는 일손을 쉬게 하려는 하늘의 배려인지도 모른다. 예전에는 보리 수확을 서둘러 끝내고 길고 지루한 장마를 견디려고 보리 미숫가루와 쉰다리 누룩을 장만하고 기다렸다. 조용히 시작되고 끝나던 장마인데 근래는 외국의 재즈 음악의 유입 탓인가 조용히 내리던 비가 갑자기 횟대비로 바뀌면서 난리를 친다.

엊그제 예년보다 일찍 장마가 시작된다는 예보에 시기적으로 조금 이르지만, 콩 파종을 했다. 겨우 고개를 내밀었을 텐데 나오자마자 혹독한 시련을 겪을까 걱정이다. 어릴 때 고생은 돈 주고도 한다는데 콩에도 해당하는 말이었으면 좋겠다.

장마 중에도 꽃은 핀다. 비가 잠시 멈춘 짧은 시간에 벌 나비는 이꽃 저 꽃 속을 넘나들며 후비고 다닌다. 벌 나비가 다녀간 꽃은 열매를 맺는다. 열매 속에 씨를 간직하고 대를 이어 훗날 또다시 꽃을 피우고 열매를 맺는다. 아무리 곱게 피우고 화장을 하고 미소를 보냈어도 벌 나비와 연을 맺지 못한 꽃은 순식간에 폭삭 늙어 쪼그라들다 지고 만다. 물론 대가 끊긴다.

전쟁 중에도 아기는 태어난다. 총탄이 오가고 부서지고 쓰러지는 험한 상황에서 설령 고아가 된다 해도 살아있다면 훗날 가정을 일구고 조상을 잊지 않고 제사 지내고 벌초하면서 공덕을 기린다. 대를 이어 또다시 굴곡진 삶을 살아도 후손이 가정을 이루면서 맥을 이어갈 것이다.

만사태평 도도한 학의 모습으로 주위를 내려다보는 삶이 모두가 갈망하는 삶이 아닌가. 간섭받는 일 없이 주위가 깨끗하고 우러러보며 부러워하는 삶을 누구나 한 번쯤은 꿈을 꿀 것이다. 담 넘어 옷 달라 밥 달라 시끌벅적 요란하고, 누추한 모습으로 병아리 끌고 다니는 암탉처럼 가련한 삶을 보면서 학은 동정의 미소를 지었으리라. 내려다보는 학도 무자식이 상팔자라 하고 올려다보는 닭도 무자식이 상팔자라는 말을 입에 달고 산다.

학은 많은 일을 벌이지 않아 복잡한 일상에 허덕이는 이웃이 일터로 갈 때 거울 앞에 앉아 얼굴에 그림을 그렸다. 꾀죄죄한 이웃과는 차별이 되고 고만고만한 많은 이들이 그늘이라 생각하고 모여 재잘거리며 노닥거렸다. 누구네 자식이 말썽을 피워 어렵게 되었다는 소식이라도 들으면 얼씨구나 하며 무자식이 상팔자라고 노래했다.

가난한 집에는 밀 그루 보리 그루 태어나는 게 자식이다. 춥고 배고파서 깊은 잠을 못 이룬 결과인 듯하다. 태어나자마자 남의 손에 넘겨줬다는 이야기를 들을 때 가슴 한편에 그늘이 지는 듯했다. 밥그릇이 남아도는 집에는 아기의 울음소리가 없다. 뭔가 하나가 많으면 하나는 귀하고 넘치면 하나는 어렵게 되는 게 공평의 섭리인가 싶다.

과하지도 않고 부족하지도 않은 중도를 가르친 성인의 말씀을 생각하지만, 신이 아닌 이상 어찌 쉽게 이룰 수 있는 경지인가. 요즘 부쩍 많이 불리는 아모르파티(내 운명을 사랑하라)를 입 밖으로는 내놓지 못하고 속으로 따라 부른다.

돈 앞에 굽실거리며 사는 세상이다. 예전에는 사람이 주인 노릇하던 시절도 있었는데 언제부터인가 뒤바뀌었고, 신의 집사가 된 돈이 부르면 달려가고 천륜도 윤리와 도덕까지 돈의 하수인이 되어 간다. 돈 가진 사람과 자식 가진 사람 모두 무자식이 상팔자라는 같은 노래를 부르지만, 2~3절 끝까지 부를 수 있는 사람은 누가 될까.

잠시 왔다 가는 인생이고 잠시 머물다 갈 세상이라 노래하지만, 훌쩍 가버린 세월 너머 도도하고 너무나 고왔던 어른은 요양원에 간 이후로 죽었는지 살았는지 모른다. 면회라도 하는 자식이 있어야 소식이라도 들을 수 있는데 눈에서 멀어지니 마음도 멀어진다. 바글바글 어렵던 집 아들딸 시집장가가고 나니 식구가 배로 불었다. 농사철에 늙은 부모 돕는다고 밭 주변에 자가용 즐비하고 어버이날 마당에서 고기 굽는 냄새가 온 동네에 진동하는데 무슨 웃음소리가 그리 큰지.

무자식이 상팔자라 노래하며 연애는 하되 결혼은 말자는 사람들이 늘어나고 아기를 낳으면 혜택을 주겠다는 정책도 늘어난다. 공감을 얻지 못하는 정책은 엇박자 정책이다. 결혼하고 아기 있는 사람이 상팔자인 정책. 배달 민족의 대를 이어가고, 번성케 하는 최상의 정책은 언제 발표하려나.

결혼 후 7년여 자식 얻으려 무진 애쓴 딸이 8개월이 다 된 떡두꺼비 같은 아들을 안고 집에 왔다. 어를 때 가동가동하던 때 행복은 무엇에 비할 바가 아니다. 가고 나면 눈앞에 어른거리고 영상으로라도 보고 자야 마음이 놓인다. 아기 보고 웃지 돈 보고 웃을까. 무자식이 상팔자라는 이야기는 색이 바래가는 느낌이다.

시골 영감

이슬비, 가랑비, 횟대 비 비의 종류를 선보이면서 사나흘 연속 장맛비가 계속된다. 비구름이 소진되면 이삼일 간 잠시 휴식하다가, 검은 구름을 불러 모으고 때로는 땡볕으로 충전한 후 다시 반복한다. 이렇게 장마 중에도 쉬는 날이 있다. 장마 중에 일기예보는 할아버지 무릎관절보다 정확하지는 않아도 언제 시작되고 끝난다는 예보는 그래도 믿을 수가 있다.

어느 곳에서 어떻게 시작됐는지 이 미륵 저 미륵 시작된 코로나19는 춘 3월에 시작되어 본격적인 무더위가 시작되었는데 하루도 쉬지 않고 진행 중이다. 언제 끝이 날 것인지 방역 마스크만, 호황이다. 팬데믹 시대를 펼치며 남극을 제외한 모든 대륙에서 환자 증가는 계속되고 사망자 또한 늘어만 간다. 6월 마지막 주 일요일 저녁 뉴스에서 전 세계 환자 1,000만 명, 전염과 사망 50만 명에 이르고 있다고 전한다. 달나라도 드나드는 시대에 치료 약 개발은 왜 이리 굼뜬지 코로나19가 자진 철수할 때쯤 구경이나 할 수 있을지 모르겠다.

아직 여명은 저 멀리 있는데 잠 못 이루고 뼈마디 소리 들리는 종심의 몸체를 이리 돌리고 저리 돌리고 있다. 장마도 걱정되고 코로나19도 걱정이다. 시골 영감 처음 타는 기차놀이를 해야 하는데 전국에 비가 온다는 예보이고, 멈칫하던 코로나19도 심해져 거리 두기와 마스크 착용이 필수가 된 상황이다.

그동안 공·사적으로 서울 구경은 많이 했다. 주위에 안내원이 있어 편하게 다녔고 때로는 경험 많은 젊은이와 동행하여 신경 쓸 일이 한 번도 없었다. 이번에는 그 역할을 내가 해야 한다. 비행기를 타고 내리는 일은 아무 걱정이 없는데 김포에서 강동 경희대학교 병원을 찾아가는 일이 막막하여 며칠 전부터 새벽잠을 잃었고 뒤척이는 가운데 수염만 쑥쑥 자랐다.

2남 1녀를 출가시킬 때까지 한 번도 병고를 치른 적이 없던 아내다. 아무 도움도 되지 못하는 못난 남편을 사람 구실을 할 수 있도록 음·양으로 도우면서도 큰소리 내지 않았다. 뒷집 아주머니는 어떻게 가정 싸움 한번 없이 살 수 있냐고 하는데 아마 아주머니가 외출 중이거나 연속극에 심취했을 때만 싸웠나 싶다.

무릎에 파스를 붙이기 시작했다. 파스를 붙이는 횟수가 늘어나고 결국 파스로 도배를 하더니 병원 출입을 시작하게 되고 칭얼대기까지에는 얼마 걸리지 않았다. 고령사회로 가는데 부쩍 늘어난 풍경 중의 하나가 산부인과는 줄어드는데 정형외과는 호황인 게다. 국민건강보험이 거든다. 크지도 않은 마을에 한의원이 쌍으로 있고 병원과 보건소와 약국마저 성황이다. 예전에 병에 시달리면서도 능력이 없어 돈 한 푼을 아끼려고 이 악물고 견디다 가신 어르신들 모습이 엇그제 일같이 어른거린다. 북적대는 정형외과 의자에 앉아 대기하는 게 생활화되어 간다.

TV를 켜면 어르신까지 나와서 파스 선전에 열을 올리고 왕년에 씨름 선수가 나와서 관절에 좋다는 약 선전이 점점 귀가 얇아 가는 아내를 유혹한다. 밭에서 쭈그려 앉는 작업은 못 하는데 바다에서 해녀 작업할 때는 괜찮다고 나간다. 갔다 오면 병원과 약에 대한 정보가 더해진다. 노령화된 해녀들이 모이면 너도나도 다녀온 병원과 한의원을 추천하는 것이다. 병은 하나인데 가야 할 병원과 약은 왜 이리 많은지 모르겠다. 못 든 척하면 아픈데 관심 없다고 섭섭해할까 봐, 웬만한 병원과 약을 모두 써 봤다. 심지어 심방(무당)을 초청해서 조상과 신께 제를 올리기까지 했다.

한번 허물어진 관절을 수술 없이 재생시킨다는 것은 허황한 꿈이다. 병원에서 처방되는 약과 용하다는 한의사의 침과 물리치료 그리고 TV에 나오는 좋은 약도 마찬가지다. 당장 통증을 완화해 주는 역할 이외 낫게 해준다는 것은 믿을 게 못 되었다. 용하다는 정형외과 의사가 화면에 나와서 강의를 했다. 무조건 접수를 위해 전화를 했더니 환자가 밀려서 6개월을 기다리라고 한다. 당장 죽을병은 아니니 기다린다고 해놓고 있는데 메시지가 왔고 드디어 출발이다.

비행기에서 내려 지하철 5호선을 타고 1시간 반 정도 걸린다는 거리다. 제주에서 못하는 수술은 아니지만, 전국에서 내로라하는 전문의에게 부탁하고 싶었다. 어렵게 살아오면서 가정을 위해 지문 확인이 어려울 정도로 고생하며 얻은 병이라 생각하니 잘 해줘야겠다는 생각뿐이다. 아내를 위해 선택했는데 찾아갈 생각을 하니 눈앞이 까마득하다.

지레 겁먹을 일은 아니다. 처음 가보는 곳이고 실행해 보지 않은 일을 하려니 조금 걱정되는 것뿐이다. 사람은 아는 만큼 보이고 즐긴다 했으니 이참에 조금 서둘러 올라가서 용기를 내어 지하철을 탈 생각이다. 젊게 살려면 젊은이처럼 하라지 않는가.

세월 속에 묻어온 모든 사연이 이제 추억으로 갈무리해야 할 황혼의 늙은 부부지만, 아직은 늘 함께 있었으면 하는 사람이고, 쳐다보면서 말만 같이해도 좋아지는 사이이다. '정열에 사로잡힌 젊은 시절엔 몸으로 사랑하고, 자식들이 떠난 후에도 여전히 사랑하는 부부는 영혼으로 만난 사람이다.'라고 학자는 말했지만, 서로 늙어 가면서 겉모습보다 마음이 보이기 때문에 같이 사는 게 아닌가 싶다.

휘어진 다리로 뒤뚱거리는 걸음과 통증에 잠 못 이루는 고통에서 해방시켜 주고 싶다. 비록 찾아가는 길이 험하고 불안해도 병이 나을 수만 있다면 두려울 게 있을쏜가. 고생한 것에 비하면 부족하지만 웃음을 찾아 줄 것이다. 그래야 내가 편안히 대접받으며 살다가 먼저 갈 수 있잖은가. 아내에 대한 조그만 배려지만 나에게는 손해가 없는 투자이고 인간적으로 꼭 해야만 하는 투자라고 생각해본다.

시골 영감, 서울의 기차놀이가 모두 순탄하고 편안하게 진행되리라 믿어 본다.

집 이웃 밭 이웃

이웃집에 사시던 친구의 어머니가 돌아가셨다. 어렸을 적부터 조석으로 만날 때마다 인사를 드렸다. 집에서 떡이라도 하는 날에는 싸들고 가서 드리고 때로는 받아먹기도 하면서 지냈다. 일손이 부족할 때는 도움을 청하지 않아도 서로 도와주면서 살아왔다. 돌아가시고 난 후 생전 본 적 없는 사람이 이사를 와서 기거한다. 만나기는 하는데 서먹서먹하다. 언제 떠날지 모르는 처지에 새로운 인연을 맺기도 내키지 않는다.

엉성하고 야트막한 돌담을 경계로 밭 이웃에는 바다에서 해녀 일할 때는 바다에 가고 그렇지 않을 때는 밭에 와서 일하는 부지런한 이웃이 있다. 남편을 일찍 보냈지만, 씩씩하게 네발 오토바이를 타고 오가며 부지런히 억척스럽게도 산다. 김을 매면 밭 중앙보다 경계를 더 깨끗이 하고 자기 밭에 잡초 씨앗이 이웃 밭에 피해를 주지 않도록 신경을 쓴다. 떡, 커피, 음료수, 더운 날에는 그늘에 같이 앉아 물을 마시며 신세타령도 주고받았었다.

이웃 밭에도 생소한 사람으로 바뀌었다. 서로 쳐다보려고도 하지 않고 일만 끝나면 언제 갔는지도 모른다. 물론 밭 중앙에는 김을 깨끗이 매면서도 가장자리엔 잡초 씨가 주렁주렁하다. 모처럼 볼 때면 서로 경계를 깨끗이 하자고 해 보지만 언제 그만둘지 모르는 사람하고는 이야기가 통하지 않는다. 주위를 돌아보면 그래도 눈에 익은 사람들이 아직은 보이는 게 안심이 된다. 가진 것을 서로 나누고 아이들 이야기하면서 커피를 마시고 웃을 수 있다는 게 그렇게 행복할 수가 없다

세월 간다는 게 얼굴 익힌 사람들, 조석으로 인사하던 사람들이 보이지 않고, 처음 보는 사람들로 주위가 채워져 가는 것인가 보다. 집 이웃, 밭 이웃 사람을 잘 만나야 사는 맛이 있는데 점점 쓴맛이 돈다. 한동네 사람끼리는 다투다가도 다른 동네 사람과 대치할 때는 한편이 되어 방어했다. 요즘에는 다른 동네 사람의 술이라도 얻어 마시면 한동네 사람끼리 서로 공격을 한다. 아침저녁으로 상면하는 동네 사람에게 미안하지도 않고 체면 같은 것은 잊은 지 오래됐다.

시골 풍경이 이렇게 변해 가는데, 도시야 두말할 필요도 없다. 요즘 손자들 블록 장난감 모양의 아파트가 주거 문화의 주류를 이루고 있다. 편리함이 있으면 불편함도 따르는 게 당연하다 할 것이다. 층수와 위치와 크기에 따라 천차만별로 구분하게 되고 빈부의 모습도 보인다. 가끔 아들 집에 가면 좌불안석이다. 마음대로 뛰지 못하는 손자들이 너무나 불쌍하다. 마당도 없고 팽나무 그늘도 없고, 조그만

뒤뜰에 고추나 나물을 재배했다가 나눠 주는 인정도 없으니 제사 때 떡이나 나누는지 매우 궁금하다.

뉴스를 보면 층간 소음으로 목숨을 잃는 일까지 일어나고 있다. 그런 소식을 접할 때면 아직은 인정이 남아 있는 농촌에서 인간답게 사는 것이 더없이 행복하다는 생각을 하게 된다.

조그만 마당 가에 감나무가 있고 자동차 소리 취객의 주정하는 소리가 없는, 초라하지만, 오붓한 내 집이 이 세상에서 제일 좋다. 오랜만에 시내 아이들 집에 가면 쉬었다 가라고 붙잡아도 우겨서 바로 돌아오고 만다. 아직 까지는 옆집에 젖먹이가 울어 아무리 시끄러워도 욕을 보내지는 않는다. 오히려 가서 같이 울음을 달랜다. 부부싸움을 말리고 화해시키며 살아온 경험을 전하면서 행복을 나눠주려고 노력한다.

도시에 아파트 이웃들이 남남인 양 어색하게 지내는 것과 같이 촌에도 이웃들이 점차 어색해져 간다. 이웃의 불행을 같이 나누고 웃음도 함께하던 날들이 그립다. 삶은 고구마 껍질 벗기고 호호 불면서 이웃 간에 이불 덮고 앉아서 정담 나누던 시절이 엊그제 같다. 때로는 이웃의 아픔을 자기의 아픔인 양 속상해하기도 했다. 오늘같이 눈 오는 날에는 오순도순 이야기 나누던 이웃들이 그리워진다.

이웃의 대소사는 자기 일인 양 만사를 제쳐두고 팔 걷어붙이고 열심히 도와준다. 집이 좁으면 경계 담을 헐어 길을 내어 안방까지 내어놓는다. 그게 바로 집 이웃이다. 서로 집에서 멀리 떨어져 있을 때 비라도 오면 빨래 걷어 달라, 장독대 덮어 달라던 시절이 엊그제 같은데….

밭 이웃도 많이 변해 간다. 원래 주인들은 늙거나 출타하여 새로운 사람들이 임차하여 경작한다. 원래 주인들이 경작할 때는 잡초 하나 없이 깨끗했지만, 지금은 씨가 잔뜩 여물도록 그대로 있고 키가 큰 잡풀에선 여문 씨가 바람에 사방으로 흩날려 주변의 농경지에 이만 저만 피해를 주지 않는다.

그럴수록 정이 떨어지고 옛 이웃 생각이 나는 것이다. 점심 같이 하던 생각, 제사 지냈다고 퇴물 몇 가지 나누던 인정이 그립다. 밭 담 무너졌다고, 짐승 피해, 태풍 피해 전화도 없던 시절에 서로 걸어서 알려 주던 때가 있었다. 지금은 임차하고 사람들이 자주 바뀌고 하니 어색한 밭 이웃이 되어 간다. 어차피 집 이웃 밭 이웃이라는 것도 결국 사람 이웃 아니던가? 상대가 바뀌기를 바라는 것보다 나 자신이 먼저 다가서고 포용하는 일에서부터 그 옛날의 인정을 찾아야겠다.

어쩌랴, 내가 먼저 부처님의 무재칠시無財七施 정다운 미소, 사랑하는 마음, 부드러운 말, 호의적인 눈빛, 양보하는 생활, 행동으로 도와주기, 마음을 헤아려주면서 살아야지, 그러다 보면 집 이웃, 밭 이웃 나와 관련된 모든 이웃의 웃음과 건강과 행복이 늘 함께할 수 있으리라.

포제

    우리 마을의 포제가 언제부터 시작했는지는 알 수가 없다. 단지 일제 강점기에 강제로 막으려 했지만, 선조들이 끝까지 고집했다는 이야기는 전해오고 있다. 설이 가까워지면 제관 구성에 골몰한다. 설이 끝나면 정월 초순에 제청에 입소해야 하기 때문이다. 생기 복덕을 맞춰야 하고 건강한 기혼자라야 하고 집안에 환자가 없어야 한다. 장례를 치르고 일정 기간이 경과 되지 않은 사람은 제관이 될 수가 없다. 제관 선정이 쉽지 않다.

    오늘이 끝나고 내일이 시작되는 시간 자시(子時 오후 11시~새벽 1시 사이) 삼라만상이 숨죽인 경건한 시간이다. 민가와 동떨어진 곳 혼자 찾기엔 으슥한 곳이다. 신령이 편하게 좌정할 수 있도록 눈에 익은 돌로 정성스레 주변을 잘 쌓은 제장은 비교적 널찍하다. 안쪽 북향에 아담하면서 엄숙한 제단을 마련했다.

    병풍으로 두른 중앙에 형체 그대로 깨끗하게 장만한 100kg이 넘는 흑돼지가 머리를 동쪽으로 제단 위에 편하게 놓인 안쪽에는 벼, 조, 기장, 피로 산메를 지어 올렸다. 촛불이 가늘게 떨리는 사이로 향이 피어오르는 중간에는 일곱 가지 과일이 혼으로 쌓아 올린 석탑처럼 놓여있다.

포신은 선하고 아량이 넓은 신령이 아니고, 성질이 괴팍하고 재해를 관장하는 신이다. 제물을 정성으로 올려, "우리 마을에 재해를 내리지 말고 참아 주십시오." 하고 포제를 올린다고 하였다. 허투루 하거나 정성이 부족하면 화를 불러올 수도 있으니 성의를 다할 수밖에 없다. 마을 안 곳곳에 금줄을 치고 부정 출입을 통제하고 이 기간에는 밭에 거름이나 농약 살포까지 자제한다.

제청에서 3일 동안 합숙하면서 제례를 익히느라 연습을 되풀이하고 총연습까지 했는데, 헌관들은 사모관대를 착용하고 이하는 도포에 유건을 착용해서 제 위치에 서고 보니 엄숙하다. 전 이민이 정성으로 제물을 마련했고, 더구나 거친 바다에서 해녀들이 성심으로 캐어 온 전복까지 진상한 제전인데 마을제에서 실수할까 봐 두려움이 앞선다.

드디어 집례의 홀기(제사 진행 순서를 적어 놓은 것)가 찬 공기를 가른다. 홀기에 따라 알자(안내자)의 발걸음이 분주해진다. 숨소리도 죽인 현장에는 조심스레 걷는 발소리는 개도 듣기 힘들 정도다. 초헌관이 관세하고 신위 전에서 집사가 건네는 잔과 축문을 올리고 부복하면 대축이 축문을 고한다. 독축할 때의 경건함은 신령뿐 아니라 주위 모든 초목이 숨죽여 경청하는 듯하다.

예전에 제장은 신령이 싫어하는 닭과 개 그리고 소의 울음소리가 들리지 않는 외지에 마련했지만, 제청은 민가에 마련했다. 일주일 동안 정성하던 것을 5일로 줄였고 지금은 3일 정성을 한다. 비용이야 십시일반 분담했지만, 설을 지내고 정월 초순의 살얼음 끼는 시기에 일주일 동안 우마 분으로 제관들이 지낼 수 있도록 방을 덥히고 물 끓이고 삼시 세끼 준비해야 하는 제청 주인의 노고에 고개가 절로 숙여진다. 제관 치레뿐 아니라 찾아오는 방문객 접대도 만만치 않았다.

도감은 건장한 사람을 선택했다. 돼지를 뜨거운 물을 적셔가며 깨끗이 정성스레 면도해야 한다. 내장을 꺼낸 돼지를 통째로 지게에 지고 제장까지 운반해야 하는데 고역이 이만저만이 아니었다. 제장 청소와 천막 설치는 주민이 미리 하지만, 좁은 공간에서 조심히 피우는 불꽃은 추위를 이기지 못했고, 연기에 눈 비비던 제관의 고초를 아련히 떠올려본다.

지금은 말끔히 차려진 제장, 제단, 개인의 거처와 다름없는 제청이 천지개벽을 했다. 합숙하면서 코골이 소리 이외에는 별로 애로사항은 없다. 숙면하지 못해 괴롭기는 해도 오랜만에 남자들만 생활해 본다는 게 흥미롭고 무료한 시간 보내기 화투에 몰입하다 보면 별로 지루하다는 느낌도 없다.

초헌례, 독축, 아헌례. 종헌례, 음복, 철변두(최초 제설 위치로 옮겨 놓는 것), 망료(축문 등을 사르는 것) 순서로 제를 지내고 끝나면 간단히 음복하는 모습은 일반 가정에서 지내는 제사·명절과 크게 다르지 않다. 지금은 많이 간소화됐고 편해졌지만, 할아버지 때는 두루마기 긴 옷을 갖춰 입었다. 정성으로 세탁하여 다리고 동전을 새로 갈아 꿰맸다. 병풍 앞에 조상이 정좌해 있다고 믿었다.

포제에 참여를 기회로 홀기와 축문에 많은 관심을 갖게 되었다. 한자로 엮인 홀기 내용을 현대어로 풀어 모두가 알기 쉽게 풀이해 줄 것을 마침 함께 참여한 김 교수에게 부탁했더니 흔쾌히 수락해줬다. 축문도 한글로 해서 모두가 알아듣도록 하자 했더니 모두 동의했다. 포제를 마치고 10일도 채 되기 전에 조그만 책자로 엮어서 책상 위에 놓인 포제 해설집을 대하니, 마음이 흐뭇하다.

　마을의 평안과 풍년을 기원하는 포제와 제사·명절 때 조상 앞에 부복하여 가내의 무탈을 기원하는 모습은 다를 게 없다. 시대에 따라 변화는 있겠지만 영원하기를 기원한다.

노을 장

10월 하순에 걸맞은 전형적인 날씨 속에 오후 2시의 그림자가 동쪽으로 기울기 시작한다. 아직은 노을 장의 준비가 이른 시간인데 한두 사람씩 모여들어 서성거리며 준비하는 모습을 지켜보고 있다. 대부분 힘든 걸음에 지팡이를 짚은 어르신이다. 우리 마을에서 오일장이 사라진 지 어언 60년이 지났는데, 뜬금없이 장을 연다고 하니 신기하기도 하고 긴가민가하며 조금씩 앞당겨 나섰나 보다.

장터 가운데 조금은 못생긴 팽나무가 서 있어 교통정리를 한다. 없었다면 조금은 혼잡해서 사고도 날 수 있겠지만, 중앙에 떡 버티고 서있으니 자연히 삼거리가 형성되어 호루라기를 불지 않아도 교통정리가 된다. 밑에는 그늘 따라 편안히 앉아 쉴 수 있도록 원형의 의자를 만들었는데 오늘 처음 할머니들로 만석이다.

종심의 나이를 지난 내겐 아련하여 우리 마을의 오일장을 기억하기로는 초등학교 저학년 혹은 그 이전인가 싶다. 60년이 지난 일이고 보면 이제는 전설의 대열에 끼였다 싶은데 아직도 우리 마을에서는 미련을 버리지 못하고 있다. 천하 대촌의 긍지와 함께 언젠가는 다시 장이 열릴 거라는 막연한 희망과 기대감으로 매년 적은 돈이지만 적립하고 있다.

제주시 오일장만큼은 못하지만, 기존 오일장들은 나름대로 제자리를 지키고 있다. 오일장에 가면 사람 냄새가 난다. 정가에 인정머리 없는 백화점과는 판이하다. 일반 마트에서 저울에 달아 대꾸할 수 없도록 하지도 않는다. "좀 더 줘요, 옛다 그렇게 해요." "좀 깎아 줘요." 안된다고 "본전에 드리는 겁니다." 하면서도 슬그머니 내주는 돈 천 원에 고맙다는 인사를 하는 곳이 오일장이다.

2일, 7일은 제주시 오일장이 열리고, 5일, 10일은 세화장 6일 11일은 함덕장이다. 중간에 4일, 9일이 김녕 오일장이었다. 성황을 이루던 기존 장터가 좁아 넓은 곳으로 옮겼는데 지금도 묵은장 터 새 장터로 불리고 있다. 새 장터로 이전한 후부터 세력이 줄어갔고 결국 자취를 감췄다. 교통이 달라졌고 중산간에 위성 부락이 없는 게 주원인이다.

예전에 장돌뱅이가 앉아 좌판을 벌이던 자리에 몽골 천막 20여 개를 세우고 각 동에서 장에 내다 팔 물건이나 음식을 겹치지 않도록 사전에 의논하고 배열했다. 물론 막걸리를 마시며 덕담을 나누는 장소도 마련했다. 마을 시장이 열리는 데 참여해야 한다는 의식은 남다른데 전문으로 장사하는 사람들이 아니라 그런지 손님을 청하는 목소리도 없고 손님을 대하는 모습이 엉성하기는 하다.

전문적인 장돌뱅이나 돌팔이가 없어 사람은 모이는데 떠들썩하지 않은 노을 장이 저무는 노을을 닮았다. 어르신들이 모여 있는 곳에 천 원짜리 과자봉지를 들고 가서 나눠드렸더니 좋아하신다. 오일장의 옛 모습과 추억을 간직하신 분들이다. 오일장과 함께 젊음이 사라진 어르신들이 몰 곳 몰 곳 있는 곳을 찾아다니며 옛날 오일장 이야기도 주고받고 자주 뵙지 못하는 동안 건강은 어떠신지 묻는 계기도 되었다.

집집마다 통시가 있던 시절에는 어느 장터에서나 돼지를 거래하는 곳이 성황을 이뤘다. 그중 우리 마을 오일장은 유달리 돼지거래 장소가 붐볐다. 지금은 뜸해졌지만, 돗제를 중요시하는 마을이라 돼지에 관심이 많았다. 2~3년 주기로 돗제를 하고 주위 모든 분과 음식을 나누는 풍습이다. 주로 수돼지를 사는 것은 남는 음식이나 쌀겨 등으로 키우는데 입에 풀칠도 어려운 시절에 암돼지를 키우고 새끼를 키우는 게 좀체 어려운 일이었기 때문이다.

할아버지가 새끼 수돼지 뒷다리를 한 손에 잡고 불알을 쓸어올려 나란히 있는지 확인부터 하고 흥정하던 모습이 떠오른다. 불알의 크기가 다르거나 모양이 다르면 성질이 곱지 않다는 할아버지의 경험이다. 성질이 고약한 돼지는 먹이를 주는 먹이통의 야트막한 곳으로 통시를 탈출하여 동네방네 뛰어다니는데 그 버릇을 고친다는 게 여간 힘든 일이 아니다.

어렸을 때 보던 장터와 지금의 장터는 크기에서부터 큰 차이를 느낀다. 넓고 크던 장터가 작아 보이는 것은 내가 큰 만큼 눈높이가 다른 것도 있지만, 나지막한 초가집 대신 높은 이층집이 들어서고 밭이었던 곳에 주택이 들어서면서 주위가 너무나 변해버렸다. 그래도 어르신들은 지금의 천막을 보면서 예전에 옷 팔던 곳, 신발 팔던 사람을 생각하고 있는 듯하다. 어머니의 옷자락을 잡고 사달라고 떼쓰던 장소를 지금은 처진 눈길로 힘없이 바라보고 있는지도 모른다.

문화의 행사가 노을 장의 대미를 장식하는데 마을예술단의 민요, 댄스부터 마술까지 오랜만에 구경하는 기회라 어른, 아이 모두 손뼉을 치고 흥겨워하는 모습에서 보람을 느낀다. 언제 이렇게 즐거워해 봤던가. 코로나 감옥에 갇혀 수년을 입 한번 제대로 놀리지 못했는데. 3년 만에 아이들 보고 웃고, 사람 만나서 웃고, 문화예술과 함께해서 웃어본다.

춘하추동 계절이 바뀔 때마다 노을 장을 펼쳐야겠다. 옆 마을 오일 장이 파하는 시간에 우리 마을 노을 장으로 장돌뱅이들 불러다 더 크게 벌여 봐야겠다. 물건 사고팔고 하는 것도 중요하지만, 만남의 자리 화합의 자리 웃음이 함께하는 자리를 만들고 싶다. 어르신들의 얼굴에서 주름살 펴지는 모습과 함께하고 싶다.

제2부

사필귀정

태풍과 함께 지새는 밤

 태풍 다나스의 내습이다. 맹렬한 바람과 빗줄기가 몰아친다. 칠월 중순 감나무에 매달린 어린 열매는 안간힘으로 버티거나 더러는 숨을 놓아 떨어지고 있다. 30도를 넘던 온도는 태풍 영향으로 며칠을 25도 내외로 모기가 힘을 쓰지 못하는 것은 다행스럽지만, 강한 비바람에 지붕 위가 시끄럽고 마당에 뒹구는 깡통 소리와 휘어지는 꽃과 나뭇가지도 애처롭고 불안하다.

 대문도 울고 창문마저 무서워 떨고 있다. 바다에 너울마저 태풍이 무서워 뭍으로 숨어들려는지 전력으로 질주해 오는데, 밭에 겨우 잎이 네댓 달린 어린 콩은 얼마나 떨고 있을까. 수박, 오이 넝쿨은 한쪽으로 뭉겨지고, 옥수숫대는 일어서려고 얼마나 애를 쓰고 있을까. 며칠 전에 보았던 탐스레 주렁주렁 달린 고추는 허우대나 갈무리할 수 있을지 걱정이다.

비탈진 안쪽 밭에 흙은 얼마나 떠내려갔을까? 길보다 낮은 밭은 물이 고여 배 띄우기 좋은 호수가 되었을 것이다. 호수 밑에 수장된 작물이 살려 달라고 아우성치지만, 발만 동동 구를 뿐 물이 자연스레 빠질 때까지 어쩔 수가 없다. TV를 켜기 싫다. 많은 강우량을 걱정이 섞인 듯 만 듯 기계같이 전하면서 파괴되고 침수된 영상들이 줄을 이을 게 뻔하기 때문이다. 아이들 집에 전화하고 싶지만, 되레 걱정할까 봐 접었다.

하늘이 터진 듯 쏟아진 비는 가히 물 폭탄처럼 한라산에 이미 1,000밀리가 넘었다는 뉴스다. 역대 세 번째라지만, 다행스러운 것은 소형 태풍으로 바람 피해는 별로 없다고 한다. 새벽까지 온몸을 떠는 창문을 달래느라 숙면은 어림도 없다. 뒤척이다 우연히 머리맡 신문을 들췄다. 물 좋은 제주 예전 용천수 1,025곳 15년 만에 661곳 줄어 마실 물 걱정된다는 타이틀이 클로즈업되면서 졸린 눈을 비벼 집중해 본다.

오늘같이 쏟아지는 물 폭탄이 아니어도 도민들이 넉넉히 사용할 만큼의 비가 내린다. 삼 년 가뭄에도 남는 것은 물이었다는 얘기를 들으면서 자랐다. 1,000개 이상 샘이 존재하는 섬은 세계적으로 제주뿐이라고 했다. 풍부한 용천수는 해변 어느 지역에서나 흔했고 주변으로는 사람들이 모여 살기 시작했다. 제주도는 물 빠짐이 좋은 화산섬이고 강수량도 풍부하다. 지질학적 특성으로 빗물이 땅속으로 잘 침투해 지하수가 내륙보다 풍부하다. 용암이 굳고 쪼개지면서 바위들이 쌓인 곶자왈 틈이 빗물을 지하수로 연결하고 저장을 한다.

몇 년 세월을 두고 정화되면서 바닷가 용천수로 솟아오르면 생명수가 되었고, 한여름에는 더위를 식혀 주었으며 겨울에는 오히려 따뜻하여 나물을 씻을 때나 빨래할 때도 도움이 되곤 했다. 어린 날 헤엄치던 곳의 용천수가 사라져 버렸다. 주위 다른 곳도 졸졸 힘이 없거나 죽어 가고 있다. 우물물 길어야 하던 시절 지나서 공동수도에 줄을 서던 시절이 그렇게 좋았다. 썰물에는 우물물이 마르고 만조에는 짜기도 했던 우물보다 늘 변치 않는 수돗물이 고마웠다.

수돗물을 퍼 올리던 곳의 수질에 염분이 많다 하여 자꾸만 높은 곳으로 이사를 해야 했다. 아무리 풍부한 지하수라지만, 퍼 올리는 곳이 많아지고 더구나 대용량을 퍼 올리는 만큼 공간에는 사면이 바다인 섬이라 사방으로 바닷물이 스며드는 수밖에 없을 것이다. 지하수의 원천인 곶자왈은 전체 $99,525km^2$ 중 22.3%인 $22,216km^2$가 골프장과 영어교육 도시 등으로 개발되면서 파괴됐다. 난개발되면서 점차 사라지는 곶자왈이다. 결국, 지하수 고갈을 걱정해야 하는 시기가 오리라는 생각에 퍼붓는 빗방울이 밉지만은 않다.

내륙에는 많은 강도 있고, 물줄기를 가두는 호수 같은 댐도 많은데 유독 제주에는 찾아볼 수가 없다. 갑자기 불어난 빗물이 다리를 가로막은 각종 쓰레기와 떠내려온 나뭇등걸에 막혀 다리 위로 넘치면서 수해를 당하는 뉴스를 접하는 경우도 있다. 한라산 물이 제주시 산지천을 거쳐 바다로 간다. 아득한 거리다. 어디쯤 둑을 쌓아 한라산 댐을 만드는 공상은 나만의 꿈인가. 지하수만 퍼 올릴 게 아니라 위로 흐르는 물도 유용하게 쓰이는 날이 오리라 믿는다.

수도 없이 휩쓸고 간 태풍들을 생각한다. 아무리 험한 태풍에도 좌절하지 않고 날려버린 지붕 다시 덮었고 담벼락은 무너질 때마다 더 단단히 쌓았다. 태풍이 지난 자리 넋 없이 바라보면서도 너덜거리는 창문 닫고 젖은 병풍 펴서 조상님께 절을 하던 때도 있었다. 이만큼이라도 견딜 수 있도록 도와주신 조상님 음덕을 기리는 착한 사람들이 있어 오늘의 영화를 누리게 되었다고 생각한다.

여명인데도 소형이라는 태풍의 기운이 여전하다. 태풍의 전위대는 남부지방에 상륙했다는데 창문을 흔드는 후발대는 언제 가려나. 마음은 이미 무너진 돌담 들어 올려 쌓기를 잊은 채, 기진맥진 쓰러진 농작물을 사자에게 먹히는 새끼를 보는 어미 기린의 눈망울같이 슬픈 눈으로 보고 있다. 태풍이 소멸 후에야 가슴에는 슬픈 태풍이 시작될 것이다.

사필귀정 事必歸正

커피잔을 들고 소파에 앉으면 으레 방문과 상방의 천장 사이에 걸린 액자를 습관적으로 쳐다본다. 볼품없는 초라하고 색 바랜 액자지만, 어느새 정이 들었다. 한자로 휘호한 사자성어 '事必歸正'. 묵직한 눈길로 나를 내려다보고 있다. 나와의 인연이 어느새 30년이 훌쩍 지나간다.

사물의 이치를 터득하고 함부로 흔들리지 않는다는 불혹의 나이를 갓 지났지만, 세상 이치를 깨달은 것보다는 아직 혈기가 식지 않은 젊은 시절에 마을 이장직을 수행했다. 어느 날 평소 나를 아껴주시는 마을 유지 어르신 댁에 유명한 서예가가 왔다는 소문을 듣고 호기심에 찾아갔다. 어르신이 인사를 시키는데 잘 다듬어진 하얀 수염이 가슴에 닿을 듯 길게 늘여 신선처럼 앉아 있는 모습을 대하면서 첫눈에 함부로 범접할 수 없는 아우라를 느낄 수가 있었다.

국선심사위원으로 참여했다가 귀향하는 길, 쉽지 않은 기회에 공항에서부터 정성스레 모셔왔다고 귀띔해 준다. 유지 어르신과의 친분으로 같이 술도 마시고 담소하면서 글을 써서 주고받는 사이라고 한다. 글씨를 쓰는 분들은 소암 선생이라면 모르는 이가 없다고 한다. 이렇게 만난 것도 인연이니 선물 하나 달라고 어르신이 부탁하자 쾌히 승낙하면서 평소 생각하는 글귀가 있냐고 묻는다. 얼떨결에 사필귀정이라 했더니, 선생은 자신도 제일 좋아하는 문구라면서 호탕하게 웃는다.

한옥 널찍한 마루 한가운데 화선지가 펼쳐져 있고 곁에는 듬직한 벼루에 정성으로 갈아놓은 먹물과 붓 두 자루가 놓여있다. 언제부터 마시기 시작했는지 당시에는 구경조차 힘든 양주 한 병이 비어있다. 게다가 새 병마개가 따 있는데 선생의 얼굴은 이미 불콰해 있었다. 이런 상태에서 붓을 잡을 수 있을까 의아해하는데 큰 붓을 주먹 안에 꽉 힘주어 잡는다. 먹물 한번 묻히고는 하얀 한지 위로 '어이쿠' 하며 쓰러지는데 글 받기는 틀렸구나! 생각하는 찰나 꼭 필요한 곳에 점 하나 찍는 게 동시에 일어났다. 기인이란 이를 두고 하는 말인가. 당시 쇼맨십을 생각하면 지금도 웃음이 난다.

'사필귀정' 언제부터 내 가슴속에 똬리를 틀었을까. 성장하면서 놀부가 잘살고 흥부가 못 사는 세상을 접할 때마다 나도 모르게 심중에 녹아든 것 같다. 이해타산이 없는 일이면 못 본 척하고 그냥 지나갔더라면 편안할 수도 있었는데, 괜히 바른말 한답시고 사건의 중심에서 고군분투한 적이 한두 번이 아니다. 특히 힘 있는 쪽이 편한 줄 알면서도 힘없는 약자 편을 거들다 언걸 겪은 이력을 돌아보면서 아직도 돌아오지 않는 사필귀정을 생각하면 가슴이 쓰리다.

불의는 결코 정의를 이길 수 없다고 하지만, 가만히 있어도 옳은 이치대로 찾아오는 인간사, 과연 얼마나 될까. 침묵과 관망은 사회를 변화시킬 수 없다. 행동하지 않으면 놀부의 심보는 더욱더 굳어져 그 안에 갇힌 사필귀정은 언제 찾아올지 가늠할 수조차 없다. 제주일보가 제주新보에서 본래 제호를 찾았다. 당연한 결과지만, 행동하는 자의 고통이 쟁취한 산물이란 생각이 든다. 오랫동안 말할 수 없는 악전고투의 날들이 있었음을 우리는 익히 안다.

정의롭지 못한 사람, 세상의 부조리를 향해 부단히 내 목소리로 외칠 때, 사필귀정도 찾아올 것이다.

(제주일보 논단 게재)

주차장

시내에 가면 둘러봐야 할 곳이 여러 군데이고 주차하는 데 불편해서 버스를 타려고 집을 나섰다. 예전에는 주차 어려움은 생각도 못했고, 차를 탄다는 게 호강이었다. 신작로가 자갈길이어서도 아니고 고장이 나면 승객들이 모두 내려 뒤에서 끙끙대며 밀어서도 아니다. 터진 고무신 기워 신던 시절에 손안에 돈을 쥐면 신기해서 여러 번 돌려보고는 아무도 모르는 곳에 숨겼다. 나중에는 찾지 못해 발버둥 치던 보릿고개 시절에는 뿌옇게 흙먼지 날리며 달리는 차를 보는 것도 흔치 않았지만, 돈이 아까워 차마 차를 타지 못했다.

웬만한 거리는 걸어 다녔다. 십 리 내외는 멀다는 생각도 하지 않았다. 비가 오나 눈이 오나 걸어서 등·하교하는 학생을 보면서도 측은하다는 생각조차 하지 않던 시절이다. 20km 넘는 마실을 걸어서 다녀오고 동이 트기도 전에 매매한 송아지 끌고 자갈이 깔린 신작로왕복 40km를 걷기도 했다. 힘들고 가난했지만, 주차 걱정이라곤 없던 유일한 시절이고 그러려니 하고 지내면 혈압 올라가는 소리도 없던 때였다.

해마다 한쪽 도로를 통제까지 하면서 확장공사를 해 보지만, 기하급수적으로 자동차 수가 늘어만 간다. 길이 막히는 것도 답답한데 주차하기란 보통 어려운 일이 아니다. 마이카 시대와 자동차 생산은 불가분의 관계지만, 도로와 주차도 이와 비례한다. 자동차 판매가에 주차장 마련을 위한 기금을 포함했으면 좋겠다. 판매 대수와 비례해서 기금을 지자체에 배분하고 지자체는 속도위반 신호 위반 주차위반으로 거둬들인 과태료가 만만치 않은데 그 엄청난 돈을 다른 데 쓰지 말고 보태서 시원하게 무료 주차할 수 있도록 주차장 시설을 크게 늘렸으면 좋겠다.

신축 조건과 차량 구매할 때 주차공간을 요구한다. 길가에 즐비한 차량 때문에 흐름이 원활치 못한데 잘하는 일이다. 자동차를 운전하는 사람을 부러움의 대상으로 여기던 시절도 있었다. 한 가정에 한 대만 있어도 가족의 어깨가 넓어 보였는데 언제부터인가 면허증 소지 자격연령이 되면 무섭게 차를 구매해서 각 가정에 두세 대씩 또는 그 이상 소유한 가정이 보편화 되었다. 요즘 신세대는 주거지 걱정보다 나날이 쏟아지는 신차를 우선 선호한다.

시내에 볼일 있어 갈 때마다 주차할 걱정이 먼저다. 아직도 조냥 정신이 배어 있는 탓인지 돈 내고 주차하기보다는 길가 틈새를 두리번거리거나 무료주차장을 찾게 된다. 같은 생각을 하는 사람들이 많아 늘 길가에는 각종 차량으로 메워진다. 목표지 주변을 두세 번 맴돌아 보지만, 자리는 없고 유료주차장마저 가까운 곳이 아닐 때면 난감하기 그지없다.

관공서부터 솔선수범해야 한다는 생각이다. 어느 관공서 한 곳도 민원인들이 맘 놓고 주차할 공간이 없다. 차량도 늘고 직원도 늘고 민원도 늘어만 가는데 이에 대한 대책은 없다. 민원은 당신 사정이고 내 알 바 아니라는 배짱이 두둑할수록 높은 감투를 쓰는가 보다. 시간까지 정해진 법원, 검찰청, 경찰서 등 법과 관계된 기관을 방문할 때면, 주차는 못 하고 시간에 쫓길 때 난감함이란 실로 겪어 봐야 한다. 유리창 너머 강 건너 불 보듯 하지 말고 주차장을 충분히 마련했으면 좋겠다.

병원도 마찬가지다. 불편한 환자는 주차를 위해 방황하게 된다. 몸이 아파서 병원을 찾았는데 한참 떨어진 주차장으로 안내하는 사람을 욕하면서도 할 수 없이 먼 곳에 주차한다. 투덜대며 내려올 때면, 기존 병에 스트레스가 더해져 병 고치러 왔다가 덧나고 갈 판이다. 돈 벌면서 뭐하나. 주차요원을 채용해서 일자리 창출에 일조라도 해야지 병원장님 돈 좀 적게 벌고 주차장 마련해주세요.

아들네 아파트 앞까지는 왔는데 주차할 곳이 없어 내리지를 못한다. 빈 곳도 없고 공용주차장도 가득하다. 외지 차는 빨리 빼달라는 관리인의 얼굴을 맥없이 쳐다볼 수밖에 없다. 늘 거주하는 사람들도 편하지는 않겠다는 동정이 인다. 아파트 장사하는 사람들 돈 좀 적게 벌고 주차장 마련했으면 좋겠다.

주차장 마련해 주세요. 주차장 마련해 주세요. 노래를 한다.

개골개골 개골개골….

(제주일보 논단 게재)

음택

 강쇠 바람이 부드럽게 갓 벌초한 공동묘지 주변을 노닐고 있다. 무
더운 여름 볕과 모진 비바람에 묘지를 지키려는 잔디가 키를 돋우고
잡초로 덮였던 묘지들이 자취를 드러냈다. 추석을 전후로 벌초를 하
는데 할아버지 생전에는 조상이 명절에 오려면 그 이전에 벌초해야
한다고 서두르셨다.

 역사를 보면 조선 세종 때까지 제주도에는 시체를 매장하지 않고
골짜기 등에 버렸다고 되어 있다. 기건 목사 이후 매장문화가 시작
되었다고 한다. 신라 말기 도선국사(596~667)가 당나라 풍수가 일행
선사의 음택에 관한 영향을 받았다는 기록과 비교하면 이해하기 어
렵다. 일반 백성의 조상 묘가 언제부터 오늘의 모습이 되었는지는
별개다.

 풍수론이 대부분 조선 시대에 성했다는 것을 역사를 통해 알 수가
있다. 명문대가는 유명한 지관을 대동하여 명당자리를 찾아 나섰다.

따라서 일반 백성도 후손의 영광을 위해 명당자리를 찾아다녔다는 것을 쉽게 알 수가 있다. 공동묘지가 조성되기 전에 조상 묘는 마을과 동떨어지고 거리에 상관없이 사방팔방에 흩어져 있다. 더구나 묘지를 화마 또는 짐승의 출입을 막고 풍파에 훼손되는 것을 방지하려고 어렵게 담을 쌓은 정성은 결코 명문대가 묘에 뒤질 바가 아니다.

실학자 다산 정약용은 영웅호걸의 권위는 천하를 거느릴 수 있지만, 후손의 병마는 막을 수 없다고 했다. 진짜 길한 터라면 지관이 먼저 그 부모를 장사지내야 하지 않겠는가.라며 음택풍수를 비판하였다. 서애 류성룡은 다산과 반대로 무덤 속에 시신이 쾌적하면 그 자손들도 편안하다고 긍정적으로 받아들였다.

조상의 음택은 명당보다는 얼마나 성의껏 돌보고 가꾸느냐 하는 게 효행의 척도인가 싶다. 하기야 조상 묘를 옮긴 후 대통령이 되었다는 얘기도 있었지만, 그렇지 않은 경우도 있는 것을 보면 여기에 정답은 없는 것 같다. 명당이라도 많은 사람이 손가락질하는 무덤은 쥐도 새도 모르게 이장되는 것을 보면 역시 착하게 살다 가야 명당의 주인이 될 수 있다는 평범한 진리를 얻을 수는 있다.

한여름에 어머니가 돌아가셨다. 방 안에 관을 모시고 병풍을 둘렀다. 부패를 늦추려고 어렵사리 얼음을 구해서 방 안의 온도를 낮추려고 애썼다. 조그만 선풍기는 열풍기가 되고 마당 멍석 위 조문객과 동네 사람들이 뒤엉켜 땀이 범벅인데 누구도 불만을 표하는 이가 없다. 밤에는 조금은 뜸해도 상주를 도와 밤을 새우는 친족과 이웃, 친구들이 3~4일을 같이 버텼다. 묘지로 향하는 아침 동네 남정네는 의무적으로 동원이다. 모두가 자기의 일이라 생각했다.

조반에 술 한잔한 후 상여를 어깨에 올리고, 출발이다. 부패한 냄새를 누구 한 사람 탓하지 않았다. 밀고 당기고 교대하면서 묘지에 당도하면 술 한잔하고 질토를 나르고 줄을 서서 잔디를 밑에서부터 전달했다. 봉분을 이뤄 무덤이 완성되면 상주 다음 참여한 사람 너나없이 차례로 절을 올렸다.

　장례식장에 가서 망인께 절을 올리기보다는 상주 찾아 부조하고 얼굴도장 찍는 현재와는 판이하게 달랐다. 집이 크든 작든 살림살이 정도에 관계없이 똑같은 모습이다. 불과 20여 년 전의 일이다.

　공동묘지에 가면 옛 모습 그대로 말끔히 벌초한 무덤뿐 아니라 자손이 끊겼는지 초목이 우거져 방치된 무덤도 있다. 내가 태어나자 할머니가 품에 안고 "내 무덤에 풀을 벨 놈 나왔다."라고 좋아했다는 말이 생각난다. 근래 유별나게 가족묘가 성행이다. 3~4일 이상 행하던 벌초를 하루에 마치고 바쁜 일상으로 돌아가기 위함인데 화장문화가 일조했다. 단층 주택이 주를 이루던 시대에는 무덤에 매장했지만, 고층주택인 시대에 맞춰 화장터 양지공원 층층 선반 위 유골함도 고층을 이루었다.

　화장하지 말라는 유언을 지키는 경우도 있지만, 불자를 불문하고 화장문화가 보편화되어 간다. 늙고 병들면 요양원에서 장례식장을 거쳐 화장한 후 비석 밑에 한 줌의 재가 되어 묻히면 한 생애 끝이다. 양택의 모습이 다양해 가는 것과 같이 음택의 모습도 다양해져 간다. 산수 이전에 가족묘 자리만이라도 장만해야겠다고 늘 생각했다.

　관심은 기회를 만나게 되나 보다. 우연한 기회 눈에 띄는 곳을 찍었다. 명당이 아니면 어쩌랴, 자손이 쉽게 찾을 수 있고 풀을 버릴 공간이 있으면 족하다는 생각이다. 편하다는 생각을 별로 해보지 못한 삶이라 주위가 아늑하고 천수답이던 넉넉한 자리가 보이는 곳에 마련했다. 장래에 묻힐 곳에 서서 사방을 둘러본다. 그래도 백세시대인데 하는 마음과 벌초하는 조상님에 대한 도리를 조금이나마 한 것 같아 마음이 편안해진다.

(제주일보 논단 게재)

입산봉

　마을 가까운 곳에 해발 150m(표고 82m)의 입산봉이 있다. 오름의 북쪽은 한길에 접했는데 수목으로 가려져 오가는 차량에서는 묘지를 볼 수가 없다. 중앙에 약 2만 평가량의 분화구를 제외하면 전역이 망자들의 영원한 안식처 공동묘지다. 분화구를 돌아오는 길이가 1km 이상이고, 예전에는 천수답이던 분화구는 객토를 거쳐 비닐하우스 등 밭으로 변신했다.

　수천 기의 묘지에 벌초할 시기면 밀려드는 사람들, 예초기 소리 자동차 소리 장관을 이룬다. 밀물과 썰물이 물때가 되면 순조롭게 오고 가는 길 순서 지키듯 많은 사람이 왕래하지만, 부딪히는 일이 없다. 벌초할 때는 가족뿐 아니라 모든 사람이 순하고 착해지는 건 조상의 음덕인가 싶다.

　예전에는 문장봉이라 불리었고 경작해서는 안 된다고 하여 금경산禁耕山이라 하였다. 입산상유연지수笠山上有蓮池水는 문장수文章水라 하여 훼손시켜서는 안 된다고 하여 금훼수禁毀水라 했다. 형체가 삿갓을 뒤집어 놓은 것 같다 하여 입쏲 오름이라고도 하였고, 여승이 춤을 추는 형체 같다 하여 니무봉尼舞峰이라고도 하였다.

왜구의 침범이 잦을 때 봉화로 통신하던 시대(1439년 세종 21년)엔 이곳에 봉수대를 설치해 통신망의 역할을 하기도 했다. 당시 봉수대는 제주시 동쪽으로 사라봉 원당봉 서산봉 입산봉 왕가봉으로 봉화가 전달되었다. 봉수대에는 별장과 봉 군 30여 명이 교대로 근무했다는 기록이 있고 망望오름이라 하여 일반인 출입이 제한되었다.

자료에 의하면 원래 봉화대 주변은 넓게 정리되고 관리하기 편하도록 설치를 했는데, 공동묘지가 되면서 무분별하게 훼손되어 버린 것은 너무나 안타까운 일이다. 현재 봉수대라 쓰여진 조그만 석물이 초라하게 서 있고, 주변은 묘지로 점령되어 곁을 지나면서도 눈여겨보지 않으면 그냥 지나칠 수밖에 없다.

근래 이를 안타깝게 여긴 어르신이 찾아오셨다. 천수답을 매입하고 밭으로 전환하여 각종 묘목을 생산하기도 하는데 예전에는 농협에 오래 근속하시던 분이다. 만장굴 꼬마탐험대 일원이기도 하여 당시 상황을 책으로 전했고, 소설까지 발표하셨는데 미수를 넘기신 지금도 마을 사랑이 남다르다. 봉수대를 복원하기 위해 조상의 묘를 이장까지 결심하고 있다. 이를 전해 듣고 관계기관에 협조를 구하는 중인데 잘 되었으면 좋겠다.

1910년 8월 29일 통한의 한일합병으로 입산 금지가 해제되자 고종(1906년) 때 묘지가 최초로 들어서기 시작하였다. 그 후 본 마을뿐 아니라 인근 부락의 공동묘지로 지정케 되어 오름 북쪽은 마을에서 보인다고 하여 금하고 이외는 전체가 묘지화되어 현재는 수를 헤아릴 수가 없다. 공무원이 말뚝으로 표시하면서 헤아리다 그만둔 적도 있다.

약 2만 평의 분지에 천수답의 농사는 오직 하늘만이 풍년이 들게도 하고 흉년이 들게도 했다. 근래 선사시대의 농기구 돌괭이 등 다수가 출토되어 제주대학과 서울대 박물관에서 현지 탐사를 한 결과 3, 4천 년 전에 사람이 살면서 농사를 짓고 있었던 것으로 추정하고 있다. 청동기 말기나 철기시대 초기 유물로 보고 있으며 우리나라에서는 처음 발견된 돌괭이는 제주민속박물관에 소장되었다.

1850년 마을 동쪽 해안 속칭 가수콧에 큰 고래가 죽어 떠올랐다. 관에서 고을 사람들에게 이를 잡아 기름을 짜서 상납하라는 목사령이 떨어졌다. 등을 밝힐 기름이 워낙 귀한 시대라 마을 사람들이 조금씩 떼어내 사용하다 보니 상납할 기름을 채울 수가 없었다. 구역책임자(오시수)가 관에 수감되자 당시 이방(송두옥)의 중재로 5만 냥 벌과금을 내고 풀려난다.

막대한 벌과금을 마련하기 위해 총의를 열고 당시 조천 부자인 강태정에게 매도를 할 수밖에 없었다. 이후 1876년에 조천 김은호에게 팔렸으며 그의 처 김연화(김녕 금융사 설립자)가 소작인 57명을 두고 관리하였다. 1945년 해방이 되고 농지개혁(1949년 6월 21일 법률 제3호)이 되면서 57명 소작인에게 분배가 되었다. 1971년 현 지주가 주변 일부 농지를 제외한 천수답을 매입하고 경지 전환을 하여 영농을 이어가고 있다.

입산봉에 오르면 마을 전경이 한눈에 들어온다. 시원한 바다를 등지고 오밀조밀한 집들 신작로에는 많은 차량이 오가고 뒤돌아보면 묘산봉이 마주 보고 있다. 이처럼 동떨어진 풍광을 보는 곳은 그리 어렵지 않다. 주변에 빽빽이 들어찬 무덤, 일반 충혼묘지에서 느끼는 감정과는 사뭇 다른 유별난 곳이다.

　비 오는 날 밤이면 가끔 도깨비불이 천방지축 돌아다닌다는 이야기가 사라진 지는 그리 오래지 않았다. 가로등이 밤하늘을 지배하게 되면서 사라진 것 같다. 평계 없는 무덤이 없다고 한다. 한 사람의 삶을 소설로 엮으면 한 아름이 넘을 거란 얘기도 한다. 나 자신도 두 번이나 기지개도 펴 보지 못한 핏덩이를 어느 구석엔가 묻어야 했지만, 아기에서 천수를 다한 노인까지 모든 망자를 포근하게 품어주고 있는 입산봉이다.

　망자의 편함이 가족으로 연결되고 이어 마을의 평온과 무관하다 할 수 없다. 훼손되지 않도록 관리하고 보존하는 일, 이 마을에 태어난 사명이라 여긴다.

학의 눈물

한 해의 임계점 12월은 불규칙한 날씨가 본 모습이다. 찬바람이 외출한 틈에 조촐하게 마신 점심 반주로 눈이 반쯤 감긴 나를 깨우는 핸드폰 소리

"형님! 저의 집으로 와 주십시오."

"왜 그러는가?"

"일전에 말씀드린 사건에 대해 재조명을 하고 자식들의 억울함을 풀기 위해 방송 PD도 함께하는 자리입니다. 마을의 유지로써 참석 부탁합니다."

"내가 간다고 무슨 도움이 되겠나만, 알겠네."

일 년 내내 태극기가 펄럭이는 유일한 김 교수댁이다. 부친이 6·25 참전 용사인데 생전에 태극기를 대나무에 깃봉을 꽂고 거르는 날 없이 달더니 대를 이어 정성으로 세운다. 부친은 전우를 생각하고 자식

은 아버지를 기리는 것 같아 감동이 인다. 대문에 들어서서 주인보다 먼저 낡은 대나무 깃대를 보노라니 예전에 교장 선생님 그리고 도교육위원으로 활약하다가 지금은 불교방송 국장을 하는 동창인 친구가 불쑥 들어서며 반가워한다.

주위가 책으로 채워져 있어 얼마 남지 않은 거실, 조그만 탁자를 중심으로 한편에는 PD와 방송 장비가 자리했다. 왕년에 내로라하는 서울의 대학교를 졸업하고 촉망받던 선배님도 계시고 학교장을 거쳐 장학관을 역임하다가 근래 퇴임한 분도 함께했다.

"나! 알아 지쿠가" 인사하는 숙녀를 보면서 "그래! 알지." 얼른 받아 아는 척했지만, 전혀 알 수가 없었다. 사전에 모임의 내용을 들었기에 '아, 오늘 부친의 억울함을 이야기 나누려고 온 딸이라는 걸 직감하고 넘기고 보니 아버지 얼굴하고 닮아있다는 걸 발견할 수가 있었다.' 어렸을 때 마을을 떠나 40년이 훨씬 지났는데 쉽게 알아볼 수 없는 게 당연한 일이기도 하다.

반백 년 전 일이다. 학생 수는 느는데 교실 증축을 위한 예산을 마련하는 게 하늘의 별 따기만큼이나 어렵던 시절이었다. 당시에 오붓이 앉아 있는 숙녀의 부친은 중학교 서무과장이었다. 고향의 어려움을 알고 재일교포들이 발 벗고 나섰다. 십시일반 증축자금을 모아 중학교 서무과로 송금이 되었고 이를 기금으로 서쪽에 별관을 세울 수가 있었다.

기초공사해야 하는데 메워야 하는 공사가 만만치 않았다. 기금을 축낼 수 없어 전 이민이 총동원되었다. 가가호호 지게를 지고 주변에 돌을 날랐다. 불참 시에는 동네 따돌림뿐 아니라 벌금으로 다스렸다. 어렵게 세워진 별관 덕에 학생들은 호강했지만, 이로 인해 한 가정이

파탄될 줄은 아무도 예측하지 못했다.

70년대 초 군 생활 중이라 자세한 내막은 모르고 단지 별관을 세우면서 고생한 교장 선생님과 서무과장이 강제퇴직 당하고 고초를 겪는다는 것을 귀 넘어 들었을 뿐이다. 개인에게 닥친 일이 아니라는 안이함에 사건은 잊혀 갔다. 민주화 광풍이 몰아칠 때도 잠잠했는데 느닷없이 진상조사 위원회에 자녀들이 진실을 밝혀 아버지의 명예를 회복시켜 달라는 청원을 하게 되면서 불씨를 넣고 열심히 온갖 방법을 동원하는 중이다.

별관을 세우면서 재일교포의 후원금을 받는 데 교포 중에 북한소속 단체 조선총련계에 속한 교포의 돈을 수령했다는 게 화근이었다. 당시 반공을 국시의 제일 의로 삼았고 간첩이 횡행하던 시절 대통령 직속인 중앙정보부는 검찰청보다 상위였다. 정보가 접수되면 사실 여부보다 체포되면 없는 죄도 만들어 낸다는 시절이다. 고향에 어려움을 도우려고 보내오는 성금을 감지덕지 받은 교장과 서무과장이 무슨 죄가 될까? 어찌 조총련이라는 걸 쉽게 인지할 수가 있었겠는가.

교포들의 정보를 알고 있는 한 사람을 지목하고 있었다. 수금된 자금 중에서 기백만 원을 개인 사업에 보태 달라는 요청을 했고 서무과장은 그럴 수 없다고 했다는 것이다. 당시 여론 상 위험인물인 걸 알지만, 한동네 이웃인데 의심할 처지도 아니었다고 한다. 믿는 도끼에 발등은 찍혔고 정보부 그물에서 빠져나올 수는 없었다.

선조의 재산을 재판에 모두 걸었지만, 달걀로 바위 치기였다. 탄원서를 들고 옥에 갇힌 남편을 구하려고 젖먹이를 업고 동서남북 뛰어다녔지만, 선뜻 도장을 찍어 주지 않았다. 지인도 내용을 잘 아는 유지분들도 험한 시대를 잘 알기에 사건에 끼면 해를 당할까 두려워서였다. 옥에서 나와 무정한 고향을 원망하면서 떠났다.

"아버지가 잠들기 전에 뜨거운 물에 발을 담그셨는데 발을 보면 까맣게 되어 있어 어렸을 때는 어른이 되면 발이 모두 이렇게 되나 보다 하고 생각을 했어요. 고문으로 그리된 걸 생각하면 지금도 가슴이 멥니다."

차분히 지난날의 고초를 겪으며 어렵게 살다 불혹의 나이에 돌아가신 아버지 얘기를 하면서도, 남은 자녀를 안고 고향을 등지고 살아온 어머니를 얘기하면서도 PD와 카메라를 보면서 그녀는 눈물을 보이지 않았다. 오직 아버지의 명예 회복을 위해서는 모든 걸 걸겠다는 의지로 차 있었다. 커피를 내오겠다고 일어서는 그녀의 큰 눈 속에 그득한 눈물을 보았다.

학은 고통의 긴 세월을 참느라 목이 길어졌는가 보다. 학으로 비치는 그녀의 바람이 이루어지기를 기원해 본다.

송년의 밤

　근하신년 2022년도 검은 호랑이해 임인년 새해 복 많이 받으세요. 엽서를 보내고 받은 게 엊그제 같은데, 어느덧 또한 해가 저물어 간다. 어릴 때는 언제 어른이 될까 세월이 참 느리다고 생각했는데, 막상 어른이 되었을 때는 세월이 어떻게 오고 가는지 일상에 쫓겨 느낄 새도 없었다. 고희를 지나면서부터 세월이 무섭다는 것과 너무 빠르다는 걸 새삼 느낀다.

　임인년 흑범이 무서운 게 아니라 코로나가 더 무서워서 수년간 입도 뻥끗하기 힘든 사회생활을 마스크에 의존하며 지냈다. 지금도 마스크를 멀리 던져버리지는 못했지만, 조금은 여유 있게 공기의 신선함을 느끼며 산다. 부모가 모시는 제사에 전화로 절하는 공무원도 있었고, 대문간에 부조 봉투를 두고 가는 일가친척도 있었다. 이웃이 오는 것도 싫고, 갈 수도 없고 말을 건다는 게 죄스러운 세상이었다.

　하루아침에 영욕이 바뀌는 세상을 본다. 나라님의 조그만 허락을 받고 여유를 찾았다. 해방의 맛이 이런 건가, 형기를 마친 죄수가 옥

문을 나서는 모습이 연상된다. 그동안 손님이 없어 나라에서 구제의 손길만을 쳐다보던 모든 업소들이 문을 활짝 열고 희망의 미소를 띠고 있다.

맥 못 추고 움츠렸던 민중이 겨우내 땅속에서 움츠리고 봄을 기다리던 싹 마냥 활기를 띤다. 마스크 쓴 하객으로 제한해온 결혼식장이 붐비기 시작한다. 마을마다 체육대회, 경로잔치에 온갖 문화예술 행사까지 겹겹이 쌓이고 일일이 찾는다는 게 여간 어려운 일이 아니다. 그동안 어떻게 참고 지냈을까. 음습한 터널 같던 팬데믹 경험은 한 번으로 끝냈으면 좋겠다.

고향에서 태어나 생활하다가 묻히는 사람도 많지만, 이런저런 사연 따라 각처로 흩어져야 하는 사람도 많다. 생활이야 가지각색이지만, 타향에서 고향 사람끼리 만나면 어찌 반갑지 않겠는가. 상부상조하면서 고향을 그리워하고 이야기하다 보면 자연히 조직이 움트고 향우회라는 이름표를 달게 된다.

우리 마을에도 여러 곳에 향우회가 조직되어 소통한다. 마을의 유지라고 해서 연락이 왔다. 송년의 밤에 초대하면서 고향에서 만든 상외떡이 그립다는 말과 격려사를 부탁한다는 것이다. 그야 그리 어려운 일이 아니지만, 송년의 밤을 개최한다는 게 새삼 각별하게 와 닿는다. 벌써 일 년이 저문다고 생각하니 그동안 뭘 했나 머릿속이 하얘진다.

핼러윈 행사로 인한 큰 사고에 나라 안이 시끄럽다. 수많은 서울의 인파 속에서 무탈하게 열심히 살아가는 향우회와 그 가족 모두에게 내딛는 걸음마다 행운이 가득하기를 진심으로 비는 마음으로 격려사를 보낸다.

존경하는 김녕리 재경향우회원 여러분!

　다사다난한 임인년을 보내면서 모든 어려움을 훌훌 털고 3년 만에 한자리에 모여 즐거움을 노래하는 송년의 밤에서 손에 손을 잡고 서로 기뻐하는 모습을 그려보면서 무한한 격려와 박수를 보냅니다. 송년의 기쁨과 더불어 계묘년 새해에도 새 희망과 함께 향우회 발전을 위해서 허심탄회 이야기하는 김녕리 재경향우회원 여러분 모두 내딛는 걸음마다 행운이 함께 하기를 기원합니다.

　여러분이 고향을 생각하는 마음에 보답하기 위해서 급변하는 모습은 아니지만, 여러분이 떠날 때 모습보다는 진일보한 마을의 형태로 나날이 변모하고 있습니다. 다만 여러분의 눈에 익은 성세기해변, 청굴물, 한 개 포구, 영등물, 목지코지의 자연환경은 크게 변하는 것보다 보존하는 데 역점을 두고 있습니다.

　향우회원 여러분이야말로 존경의 대상이고 선구자이며 우리 마을의 자랑입니다. 사연이야 많겠지만, 부모 형제 친구를 뒤로하고 고향을 떠나는 게 얼마나 어려웠습니까. 물설고 낯선 타향에서 자리를 잡는다는 것 또한 얼마나 어려운 일입니까. 사람이 많은 곳에서는 내색할 수 없었지만, 혼자 되었을 때 여러분이 흘린 눈물이 보이는 듯합니다.

　여러분은 우리 마을의 장군들입니다. 갖은 고초와 외로움을 이겨내고 서울의 땅 중 조그만 지점을 점령했습니다. 물론 선발대로 먼저 출발한 분들이 더 많은 고생을 했지만, 올라오는 고향 사람이 반가웠고 낯선 타향에서 아는 사람을 만났을 때 기쁨 또한 컸을 것입

니다. 그 기쁨들이 하나가 되어 재경향우회가 탄생함은 여러분만의
기쁨이 아니라 마을의 자랑입니다.

　우리 선조님들은 사람은 나면 서울로 보내라고 했습니다. 마을을
대표해서 그 염원을 이룬 여러분은 선조들의 효자라는 긍지를 갖고
이제 각처에서 올라와 자리 잡은 그 어떠한 조직보다 탄탄한 조직으
로 계속 발전해 나가기를 바랍니다. 우리 마을이 어떤 마을입니까.
지금도 명맥을 잇고 있지만, 끼니를 거르던 시절에도 돗제를 지내
고, 이웃에 나누고 함께 술잔을 기울였습니다. '우리는 남이 아니다.'
라는 마음으로 상부상조하면서 또 다른 김녕을 서울에 심어 주시기
바랍니다.

　오늘의 충만한 송년의 밤을 준비하는 데 애쓰신 박충열 회장님과
관계 임원 여러분의 노고에 격려와 함께 감사의 마음을 전합니다.

　영원한 재경 김녕리 향우회 발전을 기원하면서, 회원 모두 가내와
더불어 건강하고 평안하시기를 빕니다.

퇴임 준비

계묘년 끝자락 12월의 날씨는 유난히 변덕스럽다. 봄으로 착각하여 새순을 내밀었다는 뉴스도 있었다. 날씨에도 절벽이 있는가? 하순으로 가는 길, 마당을 점령하고 휘몰아치는 매서운 한풍에 떨어지다 겨우 명맥을 유지한 단감나무 마지막 잎새를 야간전투로 인정사정없이 떨구어내고 약방에 먼지 묻은 감기약 불티나게 생겼다.

"당근 작업을 빨리 끝내자고 하는 내 말을 개 짖는 소리로 알고 꿈쩍도 하지 않다가 눈비가 오고 날씨는 찬데 저장시설이 여유가 없어 당분간 수확하지 말라고 연락이 왔으니 어떻게 할 거냐."고 대드는 집사람을 "우리만 그런 게 아니라 이웃들도 마찬가지 아니냐, 조금만 날씨가 풀리거든 경매가와 관계없이 끝냅시다."

저녁 내내 종알대던 아내는 기를 소진했는지 뒤척임이 없는데, 혼자 눈을 뜨고 어두운 천장에 퇴임 준비 그림을 그리고 있다.

사십 세까지는 더디 가던 세월이 육십 세부터 칠십 세까지는 가속도가 붙더니 칠십 이후에는 일 년 이년이 없어지고 바로 칠십오 세 팔십이 된다. 이후에는 눈 끔뻑일 때마다 세월이 간다고 하는 명사의 말을 들으면서도 실감이 나지 않았었는데, 요즈음 그 말이 가슴속을 꽉 채운다.

우리 마을 진입로와 사거리에는 이장 후보와 함께 참여를 독려하는 선거관리 위원회 현수막이 걸려있다. 삼 년 전에는 내가 주인공이었는데 하며 쳐다보는 마음속에는 문득 지나간 세월 속의 후보에서 당선까지 그리고 임기 내내 겪었던 갖가지 우여곡절이 주마등처럼 차례로 스쳐 간다.

2021년도 정월은 유별나게 눈이 많이 내리고 자연을 영하의 날씨로 얼어붙게 한 것은 한겨울에 그리 탓할 것은 아니지만, 코로나19가 함께 동반자가 되어 모든 사람을 꽁꽁 얼어붙게 했다. 이장 선거는 한 달 전에 끝냈어야 했는데 모임 자체가 금지되어 중단했다. 그래도 마을 행정까지 마비시킬 수는 없어 조금씩 용트림하며 희미하게 진행할 수밖에 없었다.

도와 달라면서 후배 두 사람이 차례로 찾아왔다. 상대는 허심탄회 내면을 꺼내는 사이까지는 아니지만, 칠순을 넘긴 나와는 그렁저렁 어울리는 사이다. 후배 두 사람을 식당에서 접대하고 서로 화이팅하라고 다독이면서 젊은 사람들이 지도자가 되어야 한다고 응원했다.

후보 접수 과정에서 문제가 생겼다. 후배 한 사람은 규정상 자격이 없어 탈락이고 또 다른 후배는 보완 서류를 갖추는 데 어려움을 겪게 되었다. 결국, 단독후보로 굳어지는 상황이었다. 나와의 약속을 지키지 못하게 된 후배들이 찾아와서 부득이 선배님이 나서야 한다고 주문한다. 정말로 내키지 않았다. 마을 선거에 대해서 누구보다 많은 경험과 수차 고배만 마신 아픔으로 용기가 나지 않았다. 실력이나 능력은 뒷전이고 일가친척, 친구, 친목이 당선의 키를 좌우하는 데 언제나 상대방보다 우세한 적이 없다.

4대 독자나 다름없는 부친 주변에는 일가친척이 없고 가족 중에 나를 포함하여 같은 마을에 사돈마저 없으니, 주변이 썰렁하다. 바른 말 한답시고 책임자들과 각을 세웠으니, 응원군도 없다. 더 속상한 것은 부친이 여러 어머니를 거느려 의붓형제는 여럿인데 부친 생전에도 살갑지 않은 사이라 아무 도움이 되지 못한다. 오히려 가화만사성이니 수신제가니, 뭇사람들의 입방앗감이다.

상대방과는 멀지도 가깝지도 않게 지내지만, 악연의 고리를 숨길 수는 없다. 마을이 통합되기 전의 경쟁은 차치하더라도 지난 이장 선거에서 나는 선거관리위원장이고 상대도 같은 위원이었다. 탈락한 후보가 선거관리위원을 상대로 소송을 하는데 같이 대응해야 함에도 상대방에게 협조함으로써 갈등이 정리되지 못한 사이인데 단독후보가 된다는 게 여간 불편한 게 아니었다.

결국, 명예 회복과 이런저런 사연으로 등록하고 만나는 사람마다 설득하면서 이를 악물고 승산이 없다는 주위의 평을 귀 넘어 흘리고 발이 닳게 다녔다. 진인사대천명을 뇌면서 늦게 출발했지만, 누구도 예상치 못한 역전승이다.

아침에 눈을 뜨면 조상님 오늘도 건강하게 눈을 뜨게 해줘서 고맙습니다. 맡은 일에 최선을 다하겠습니다. 하면서 기상을 한다. 임기가 삼 년 그리고 1회 연임이 가능토록 향약에 정해있다. 여름이 다 가기 전에 마을 일에 참여하면서 참신한 후배 몇 사람과 논의를 했다. 재

임하지 않겠다. 더 한다는 것은 노욕이고 젊은 사람들에게 길을 터주고 싶다.

앞으로 일주일 후면 후임자가 선출된다. 자리를 양보하는데 섭섭하지 않냐고 묻는 이도 있지만, 오래전에 마음을 정리한 터라 조금도 그렇지 않다고 선뜻 말하는데 가슴 한쪽에서는 섭섭함이 꿈틀거린다. 박 수칠 때 떠나는 것도 용기다. 책상과 사무장 민원인을 뒤로한다는 게 섭섭하지 않다면 위선일 것이다.

"나중에 기억되는 것은 나무를 심는 게 제일일세" 선배님의 조언대로 심어놓은 하귤나무, 석류, 대추, 무화과, 황칠나무 봄이면 꽃이 피기 시작할 벚나무 앞에서 잘 자라서 내가 오면 서로 아는 체라도 하자. 마음으로 주문해 본다.

시원도 하고 섭섭하기도 한 게 퇴임의 본질이라는 생각을 해 본다. 만나고 헤어짐이 선사시대부터 유물인데 아쉬움은 없다. 이 나이에 그동안 한으로 남을뻔한 당선을 누렸으면 족한 일이고 내가 아니면 안 된다는 아집에서 후임에게 탈 없이 인계하고 좋은 모습으로 퇴임할 수 있다는 게 너무나 복 받은 삶을 얻었다고 생각하면서 오늘이 있도록 도와준 모든 사람에게 진심으로 고마움을 전하고 싶다.

세배

우리의 조상님은 음력 1월 1일을 새해 첫날이라 하여 원단, 세수라 하였으며 일반적으로 설이라 하여 새해맞이 떡국차례를 지내고 한 살 더 먹는 전통으로 삼았다. 일제 강점기에는 우리의 문화를 말살 하려고 양력 1월 1일을 명절로 하라는 압력에도 굴하지 않고 전통을 지켰다.

이후에도 정부의 신정 정책에 일부 공무원은 신정으로 명절을 지 내는 가정도 있었지만, 일반 가정의 설 문화를 지키려는 의지를 억지 로 바꾸지는 못했다. 신정과 구정으로 나뉘어 이중과세하는 모습도 있었지만, 결국 1989년 법정 공휴일로 설날이 복원되고 3일 공휴일 로 정하게 되었다.

설날은 온 가족이 한데 모여 조상께 차례를 지내면서 음덕을 기리 고, 마음속으로 소망을 기원한다. 차례를 마친 후 친족과 마을 어르신들을 찾아뵙고 세배드리는 민족의 대명절인 것을 모르는 이는 없을 것이다. 선진국이 되면서 너무나 퇴색해 버린 설날을 혁명공약을 외우던 망팔이 지난 노인은 노파심에서 이러다 설날의 의미를 잊지나 않을지 걱정이 된다.

여명까지는 두 시간도 더 기다려야 하는 시간인데 제를 모시는 큰방에는 등을 밝히고 병풍을 친 다음 제를 모시는 조상님들 수만큼 메밀국수 그릇이 놓였다. 두루마기를 걸치신 할아버지의 진행에 따라 차례를 지내는데 본 명절 전에 국수 명절부터 했다. 쌀이 흔치 않아 근래처럼 가래떡을 길게 뽑으면서 재물 증가와 번영을 기원하지는 못했지만, 할머니와 어머니가 정성스레 밤새 만든 그때의 메밀국수 맛을 잊을 수가 없다.

설날의 꽃은 세배다. 차례를 마치고 아버지와 삼촌들과 함께 눈에 미끄러지면서 온 동네 어르신께 빠짐없이 다녔다. 아버지는 술잔을 들었고 나는 떡을 실컷 먹을 수가 있었다. 때로는 10원짜리 동전이나 지전을 받는 행운도 있었다. 철부지 시절의 설날은 세배와 마당에서 팽이치고 눈사람 만들고 눈싸움하다가 형들의 연싸움 구경으로 하루해가 다하는 줄 몰랐다.

당시에도 설빔은 있었다. 형들이 물려준 팔꿈치나 무릎 부위가 헤어진 전통 깊은 옷을 감지덕지하면서 입다가 오일장에 가서 오래 입으라고 당장은 조금 헐렁한 옷이라도 사 오면 명절에 입을 옷이라고 베개 위에 모시고 잤다. 양말은 순면 양발인데 며칠 신으면 발가락과 뒤꿈치가 훤히 트였다. 뛰어다니지 말라는 어머니 말은 공염불이고 등잔불에 양말 뒤꿈치 바느질하던 모습을 잊을 수가 없다.

장가를 가고 나니 세배 범위가 늘어났다. 동네 어르신보다 아내 위신을 생각해서 처가댁부터 세배에 나선다. 처가댁 일가 친족까지 추가되었다. 저녁이면 녹초가 되고 구두와 양말이 엉망진창이다. 불편한 교통 관계로 당일 귀가는 꿈도 꾸지 못했다.

차량이 없던 시절 세배 길에 나서면 대가족 시대 많은 형제가 한덩어리가 되어 다니다가 서로 만나면 길 가운데에서 각자 돌아가면서 손을 잡고 새해 복 많이 받으라고 악수하는 장면을 숱하게 볼 수가 있었는데, 차량으로 이동하면서 세배 다니는 요즈음에는 추억으로 남았다. 한마을 안에 살던 친족들이 뿔뿔이 직장 따라 떠나고 자녀 따라 떠나고 북적대던 고샅마다 꼬마들도 없고 심지어 아기 울음소리 끊어진 지도 오래되었다.

세배를 꼭 가야 하는 집이 있다. 예전에는 집에서 장례를 치렀다. 동네 젊은이들이 상여를 메고 장지에 가서 무덤을 완성했다. 지금처럼 장례식장에서 통상 3일 장을 치르는 게 아니라 일주일이나 그 이상도 좋은 날을 택해 장례를 치렀다. 벽장 한쪽에 상을 차려놓고 생전에 모시듯 음식도 올리는데 삼년상이 끝날 때까지 삭망과 소상 대상을 하는데 이를 모시고 있는 집은 거르지 않고 가서 예를 올리고 상주에게도 위로하면서 세배했다.

요즈음은 설날에 세배를 마치는 경우가 태반이지만, 예전에는 보통 10일 이상이었다. 집주변이 온통 어릴 때부터 상부상조하면서 얽히고설킨 이웃이라 4촌과 별다른 바 없었다. 어찌 세배를 거를 수가 있겠는가. 연못가 봄풀이 채 꿈도 깨기 전에 계단 앞 오동나무 잎이 가을을 알린다고 했던가. 설날은 어김없이 왔는데 문득 주변을 돌아보니 세배를 받던 어르신도 없고 상을 모시는 집도 없는데 모르는 사람들이 태반이다.

일자리를 찾아 바다 건너갔던 많은 사람이 명절이면 세배해야 한다고 귀향했는데, 공휴일이라고 여행 떠나는 사람들뿐 아니라 차례 지내는 게 고역이라고 그럴듯한 핑계를 대면서 불참하고는 영화관이나 풍광을 즐기는 한심한 사람들도 있다. 조상을 외면하는 자 성공할 수가 없다.

성공의 길은 천태만상이지만, 조상님이 걸어간 길과 후손이 효도가 척도가 되는 음덕과 태어난 환경, 그리고 자신의 노력이 집합된 사주팔자에서 어느 것 하나 허투루 할 수가 없는데, 근본적으로 참신한 마음으로 행하는 세배는 이 모든 것을 감싸고 부끄럽지 않게 살아가는 지혜도 얻을 수가 있을 것이다.

세배할 곳이 있을 때가 행복한 때이고 없거나 줄어들면 외로움이 벗하자고 한다. 설날 나는 얼마나 세배했는가. 세배를 못 했으면 안부라도 전한 사람들은 부담 없이 청룡의 은총을 받을 자격을 얻었다 할 것이다.

(제주일보 논단 게재)

제3부

동생이 오는 날

태풍이 훑고 간 자리

콩 수확을 도와줄 콤바인을 기다리고 있다. 어렵게 섭외해서 기회를 얻었다. 예전 같으면 사업자에게 상호 연락만 하면 쉬웠는데 올해는 의외다. 뙤약볕 아래 열심히 김을 매고 때맞춰 비료 주면서 성심껏 키웠는데 태풍을 연달아 세 번이나 거치고 나니 농사 이래 보기 드문 흉작이다. 폐농으로 수확을 포기한 농가도 있다.

키가 최소 30㎝는 되어야 콤바인 수확이 가능한데 태반이 자라지 못했고 더구나 서 있는 것보다 불편해서 누워있는 게 많다. 기계로 수확할 수 있는 밭이 별로 없다. 상황이 이러하니 기계 주인에게 사정하는 도리밖에 없다. 용역을 구하기도 쉽지 않다. 감귤 수확과 조생 양파 식재와도 맞물려 있기 때문이다. 사람 손으로 꺾고 모아서 타작해야 하는 것은 번거롭기도 하고 수익 상 도움이 되지 못한다.

웬만하면 기계로 하는 게 손쉽고 경제적인 것을 모르는 이는 없다. 그러나 태풍이 훑고 간 자리 콩은 기계보다 사람 손을 요구한다. 태풍은 자기 마음대로 와 놀고 간다. 지나면서 횡포를 부려 나뭇가지도 꺾어놓고, 열매의 뺨을 후려갈겨 떨 구어 놓기도 한다. 콩밭도 곱게 지나지 않고 이제 겨우 황색으로 변한 잎을 남김없이 후려쳐 버린다. 낙엽이 질 때까지 품에 안고 열매를 튼실하게 키워야 할 잎을 잃었으니 키도 자랄 수 없거니와 열매도 실하게 여물 수가 없었다. 어려운 사람 더없이 어렵게 하는 게 태풍이다.

올해만 벌써 일곱 번째 태풍이 영향을 미쳤다. 그중 한 달 안에 세 번의 태풍은 전에 없던 이변이었다. 9월 초순 옥구슬 부딪힐 때 나는 소리라고 명명된 링링 태풍은 서해 쪽으로 가면서 옥구슬이 깨지는 난리를 피웠고, 중순에는 매기과 민물고기 이름을 딴 타파가 대한해협으로 빠지면서 시속 150km 강풍과 400mm 물 폭탄을 쏟았다. 정치 당파 싸움하는 사람, 대로를 점령하고 난리를 펴는 한량과 잘한다고 부추기는 부류들 타파는 하지 않고, 불쌍한 사람들 눈에 눈물만 흘리게 했다.

10월에 접어들자마자 여성의 이름이라고 하는 미탁이 불어 닥쳤다. 독하고 정말 양심도 없고 인정도 없는 여성이었다. 두 번째 태풍 피해 갈무리도 못 했는데 쏟아지는 물 폭탄은 사람을 허탈케 했다. 농작물은 물에 잠기었고 채 마르지 않은 밭에 흙을 사정없이 쓸어내려 밭 가운데는 개울물이 흐르듯 하였다. 곳곳이 엉또폭포를 연상케 했다. 어려운 상황에서도 가는 뿌리를 의지하고 견뎌 준 농작물은 주인이 불쌍하고 돌봐준 은혜를 알기 때문이었을까.

큰 말썽 없이 곱게 지나가라고 예쁜 이름으로 명명하는지는 모르지만, 차라리 태풍 세력에 걸맞은 악마의 이름으로 명명했으면 좋겠다. 초기에 호주에서 명명할 때는 싫어하는 정치인 이름으로 하여 어느 지방에서 행패를 부리고 있다고 했다는 데 동감이다. 아시아 태풍위원회 14개 국가에서 10개씩 명명한다는데 예쁜 이름보다 사형수 이름이나 악덕 기업 또는 나쁜 정치인을 10명씩 매해 선정해서 명명했으면 좋겠다. 그래야 명성에 따라 준비 과정에 도움이 될 것이란 생각도 해 본다. 하기야 지금은 농수축산물 관련 외는 어느 정도 태풍에 견딜 수 있는 시대에 살고 있다.

1959년 9월 11일 사라호가 덮칠 때는 초등학생 때라 무서워서 밖을 구경조차 못 했다. 태풍에 대비할 수 있는 시대가 아니었다. 일기예보를 들을 수도 없었다. 부모님이 날리는 초가 한 편을 부둥켜안고 견뎠다. 담벼락이 무너지고 가구가 길가에 즐비했다. 등교했는데 학교에서 제일 큰 느티나무가 뿌리를 하늘로 향한 채 누웠고 기왓장이 운동장에 널브러져 있었다. 당시 제주 동부와 영남지방은 막대한 피해를 봤다.

태풍이 지나고 물결마저 잠잠해진 바닷가에 가면 깨끗해진 수평선에 좀체 보이지 않던 조그만 섬이 보인다. "어! 저기에도 섬이 있었네." 역시 대청소는 가끔 필요한 거야 하는 생각이 든다. 하늘도 평온한 것을 좋아하지, 풍파를 일으키고 싶지는 않을 것이다. 하늘과 땅 사이 오염된 것을 때로는 바람으로 청소하고 그래도 안 되면 비를 내려 물로 청소하고 거듭거듭 하다 안 될 때면 엄청난 비와 강한 바람으로 태풍을 몰아쳐 청소한다는 생각을 해 본다.

지구의 온난화는 사람이 주범이고 따라서 해수면 온도가 따뜻해져 에너지를 얻으면 태풍이 횟수는 늘어나고 점차 강해질 수밖에 없다. 나랏일도 평안하도록 해야 하지만, 지구도 고통받지 않도록 세계지도자 모두 의지를 모아야 할 때가 된 것 같다.

타작하고 마대에 담기는 콩 방울을 쥐어 본다. 가까운 사람끼리는 콩 한 쪽도 나눠 먹는다고 했는데 나눌 수가 없다. 크지도 여물지도 못한 콩 방울, 주인을 바라보는 노란빛이 반갑기보다는 애처롭다는 생각이 든다. 가져가는 상인이 곱게 쳐다볼 것 같지도 않고 값이나 제대로 쳐줄지 걱정이다. 만지작거리는 아내를 본다. 애써 가꾸었는데 할 말을 잃었다. 씨부렁거리는 말투에서 값은 둘째치고 가져는 갈까 하는 혼잣말을 겨우 들었을 뿐이다.

외국 노동자

기상청에서 기상 관측 사상 제일 긴 장마였다고 한다. 덕분에 한창 무더워야 할 7월이 힘을 쓰지 못했다. 습기 머금은 몸에 잘 마르지 않은 내의는 거슬리지만, 머리맡에 모깃소리 들리지 않아 좋았다. 할 아버지 생전에 "무릎이 쑤시는 걸 보면 비가 오려나." 하면 신기하게 도 비 오는 날이 많았는데, 무릎 관절염으로 고생하는 아내도 비 오 고 습하면 통증이 더하는 것 같다.

콩밭에 잡초는 주인이 병원에 자주 다니는 걸 아는가. 빈틈없이 싹 을 내민다. 마침 장맛비가 응원까지 하고 콩에게 많이 먹으라고 듬뿍 준 비료를 게으르고 미련한 콩보다 먼저 먹고 건강하게 자란다. 비 갠 밭을 돌아보는 아내는 자신이 건강치 못해 일어난 일을 되레 남편 탓 인양 곱지 않은 눈길을 보낸다.

종심의 나이가 될 때까지 콩밭에 김을 이리 부지런히 매어 본 적이 있던가. 무릎을 끌면서 죄 없는 나를 구시렁대며 볼모로 잡고 김을 매는 아내 곁을 떠날 수가 없다. 남자는 여자와 뼈마디가 다른가. 오래 쪼그리고 앉아 일하는 게 견딜 수가 없다. 아내가 매어놓은 김을 안고 밭 담 밖으로 내치면서 틀어진 뼈마디를 재정비하고 앉아 잡초를 당길 때면 군대 생활하면서 오리걸음 하며 기합받던 생각이 난다.

전국적으로 인공관절 수술 잘하는 병원을 수소문하고 인터넷으로 검색하면서 로봇과 함께 수술한다는 선진병원에 아내를 맡겼다. 건강한 몸으로 시집와서 얻은 병이니 나에게 일말의 책임이 있다는 생각에 최고의 병원을 택하려고 노력도 했지만, 고령화 시대 남은 세월 아내의 지청구 순화를 위해서 성의를 다할 셈이다.

주인은 흥부의 심성이건만, 콩밭에 잡초는 놀부처럼 콩보다 웃자라 꽃까지 피워댄다. 어머니 생전에 수눌음 하면서 김매던 이웃의 아낙은 지팡이 짚고 경로당으로 가고 주위를 아무리 둘러봐야 인부를 구할 길이 없다. 콩이 어렸을 때는 노인네도 앉아서 할 수 있지만, 꽃을 피워대는 잡초는 허리를 굽힌 채 뽑아야 하므로 아무나 할 수가 없다. 수소문 끝에 외국 노동자를 구할 수가 있었다.

30도를 넘는 무더위와 메마른 땅에서 콩을 밟지 않고 잡초만 뽑는다는 게 여간 힘든 작업이 아니다. 뽑는 게 너무 힘들어 낫으로 베어내라고 일렀다. 손짓, 발짓이 통하지 않아 답답하다고 생각하는데 느닷없이 핸드폰을 들이댄다. 어리둥절한 나에게 말을 하라는 신호다. "아하, 이게 통역역할을 하는 거구나." 참 좋은 세상이다.

도통 알아들을 수 없는 얘기를 시도 때도 없이한다. 6, 70년대 일본으로 밀항해서 노동할 때는 같은 한국 사람이라도 일본 사람이 볼 때는 벙어리 시늉을 했다는데, 맘 놓고 이야기도 하고 핸드폰으로 통역도 자유로이 하고 고국의 노래도 들으면서 노동을 할 수 있다는 데

격세지감을 느낀다. 쉬는 시간이면 고향 집에 두고 온 자녀와 통화를 하는데 내용은 알 수 없지만, 서로 보고파 하는 애틋함을 느낄 수가 있다.

인정 없는 땡볕은 내리쬐고 이마에 흐르는 팥죽땀을 옷소매로 연신 닦는데 외국 노동자는 장화에 내의를 입었다. 더운 나라에서 왔는가. 더위를 타지 않는 게 신기하다. 그러나 보고 있자니 불안하고 측은한 마음이 든다. 예전에 인부를 구하면 집에서 같이 조반을 하고 점심 전에 간식했다. 점심 후에도 두세 시간 지나 또 간식을 곁들인 휴식을 하면서 했는데, 요즘은 아무것도 하지 않는 조건으로 계약을 한다. 이 모든 것을 인건비에 포함해서 용역관리자에게 지불한다.

거리에 나서면 고령화 시대임을 누구나 알 수는 있지만, 드물게 빈둥대며 걷는 젊은이도 섞여 있음을 본다. 얼마든지 노동할 수 있음에도 하려고 하지를 않는다. 삼시 세끼 끼니만 해결해 줘도 죽자 살자 일했던 시절이 있었다. 성년이 되면 병신이 아닌 다음에야 부모에 의지하려는 사람도 없었다. 부모는 출가시킬 때까지를 책임으로 알았고 출가하면 봉양하는 것을 의무로 알았다. 후진국이고 가난했지만, 자립하지 않으면 안 된다는 의식은 뚜렷했다.

선진국이 되었다. 끼니를 거르거나 헐벗은 사람도 없고 책가방 들어보지 못한 사람도 없고 병원도 쉽게 가고 차도 비행기도 쉽게 탄다. 노인네가 젊은 시절에 고생한 덕분에 잘살게 되었다고 경로당에서 더위 피하고 춥지 않도록 노인복지 해결하고 어려운 곳마다 복지가 넘실대니 정말 살기 좋아졌다. 위험하고 더럽고 하기 힘든 일 하지 않아도 하루하루 지내는 데 별 애로사항이 없다. 결혼하여 복잡한 살림하지 않고 아기도 낳지 않아 육아에 어려움 없으니 천국이 따로 없다.

기계화 시대다. 모든 산업 분야가 그렇지만, 농업도 대단위가 되었고 다양화되었다. 축산농가에서나 드물게 볼 수 있었던 외국 노동자가 거리를 활보하고 정거장에서 피부색이 다른 사람 볼 수 있는 것도 흔해졌다. 산업 현장에 외국인 노동자는 생기를 띄고 활보하는데 진작 옆집 젊은이는 일자리가 없다고 빈둥대며 늙은 부모의 거머리가 되었다.

부모 형제 자식까지 생이별하며 외국에 와서 열심히 벌어서 잘살아 보려는 노동자들이 지난날 밀항하여 죽을 둥 살 둥 일해서 살림을 일군 우리의 옛 모습만 같아 동정이 간다. 사발면을 게 눈 감추듯 먹는 것을 보면서 다른 것을 자꾸 먹이고 무언가 주고 싶다. 일당 팔만 오천 원인데 용역관리인에게 십만 원씩 쥐여주면서 잘 보살펴 주라는 애기도 잊지 않았다.

동생이 오는 날

　팔월 더위를 헐떡이며 넘었는데, 구월 초순에 태풍 마이삭이 안타를 치고 뒤이어 하이선이 홈런을 날린다. 전국이 풍수해로 난리를 치는 와중에도 아침에 눈을 뜨면 으레 달력에 빨간 동그라미 속에 가둬둔 날짜를 물끄러미 보고 있다. 음력 팔월 초하루 동생이 오는 날이다.

　종심의 나이를 지나서부터는 인생의 간이역을 거치는 세월의 속도가, 지금까지 살면서 거쳐 온 수많은 간이역 지나는 그것들과는 비교할 바 아니다. 요일도 일주일이 아닌 것 같고 한 달 삼십 일도 몇 날은 거른 것 같다. 빠른 속도에 적응하지 못해 때론 지나온 길들의 풍광마저도 기억이 희미하다. 올해 여름이 최고로 더웠다고 하지만, 작년 여름도 만만치 않았다. 이마에 흐르는 땀을 훔치며 찾던 동생의 병실을 에어컨이 겨우 지키고 있었다는 것을 기억하기 때문이다.

　반거들충이다. 어려운 집안에 막내로 태어나서 나름대로 열심히 공부하는 게 아까워 학교에서 추천해 준 상급 학교는 남들이 부러워하는 학교였다. 수재가 모이는 학교는 아니지만, 졸업과 동시에 취업이 보장되는 기숙사까지 딸린 좋은 환경에서 공부했다. 그나마 동생이 거쳐 간 인생 역정 중에서 희망을 가슴 깊이 품었던 최고의 시절이었을 것이다.

2학년이 되면서 학교를 나왔다. B형간염 보균자로 기숙사 생활을 못 하니 일 년간 요양하라는 조건이 인생행로를 바꾸어 놓았다. 독립해서 가정을 꾸리기에도 벅찬 형의 도움도 어렵고 더구나 부모 도움마저 힘들어 끝내 생활전선에 나설 수밖에 없었다. 한때는 대처에서 굴지의 사업장에 간부로 많은 직원을 거느린 적도 있지만, 그리 길지 못했다. 귀향 후 애면글면 삶을 위한 몸부림으로 어선도 타 보고 기원도 운영해 봤지만, 뜻대로 되는 일이 없었다.

안정된 삶은 아니어도 잠시 가정을 꾸렸고 아들이 초등학교 졸업할 무렵 헤어진 후, 십수 년을 동가식서가숙 누구에게 가슴속에 쌓인 한을 한 번 속 시원하게 나눌 수 없는 생활의 연속이었다. 어려운 처지를 알면서도 형이 되고서 포근히 한번 안아주지 못했다. 친구에게 아버지 같은 큰형님이라고 자랑하면서 반항 한 번 하지 않은 막냇동생을 따뜻이 손 한 번 잡아주지 못했다. 방황하는 동생이 미웠다. 감싸고 이해하기보다는 정신 차리고 보란 듯 가정도 꾸리고 해야지, 조카들을 보면서 부끄럽지 아니하냐고 시종 책망으로 일관했다.

남에게 신세 지기를 싫어하고 아쉬운 얘기를 못 하는 순하고 고운 마음자리, 자신의 일은 소홀히 하면서 남의 어려움에는 두 팔 걷어붙이고 나서는 동생이 그리 고울 리 없었다. 부모·형제 도움도 없고 따뜻한 가정도 없이 제 딴에는 열심히 산다고 하지만, 한 가지 일에 꾸준히 종사치 못하고 무지개를 좇아 가리산지리산하는 삶이 미워서 형 바라기인 줄 알면서도 시린 손 한 번 잡아주지 못했다.

"형님, 이제 마음잡고 열심히 해서 꼭 성공하는 모습 보여드리겠습니다."

그럴듯한 사무실을 내고 동분서주 열심히 뛰어다니는 모습에서 오랜만에 희망을 보았다.

"오빠, 이제는 걱정하지 않아도 될 것 같아."

시난고난 오랫동안 고생하다 돌아가신 어머니 역할을 대신해야 했던 여동생도 좋아했다.

기반을 다져 가는 동생이 그렇게 대견할 수가 없었다. 그것도 잠시 인부들과 팥죽땀을 흘리며 마늘 수확하는 중에 여동생의 전화다.

"오빠, 병원이야! 동생이 급하게 입원했는데 암이래."

울먹이는 소리에 전신에 힘이 풀린다. 병실을 찾은 형을 보면서 바쁜데 일은 어떻게 하고 왔냐고 아직은 크게 달라지지 않은 모습으로 마중한다. 그간 B형간염 보균자로 병원에서 건강 체크를 게을리하지 않았고 괜찮다는 이야기를 들은 지 얼마 되지 않았는데 피곤해서 찾았더니 말기라는 것이다.

의학 선진국을 찾아갈 때와 돌아올 때 모습이 완연히 달랐다. 시나브로 여위어 가던 모습도 하루가 다르게 수척하면서 진통제 주사를 맞는 횟수와 농도가 달라질 즈음에는 장례식장이 있는 병원으로 이송했다. 며칠 견디지 못하고 여름 갓 지나 벌초하는 시기에 눈을 감았다. 애별리고 울어줄 사람 몇이나 될까 했지만, 헛된 삶은 아니었는지 많은 조문객이 찾아주었다.

하나 있는 아들이 거처에서 제사를 어련히 알아서 잘하리란 걸 믿지만, 대처에서 행하는데 갈 수가 없다. 영혼이 있다면 나고 자란 거처를 돌아보고 갈 것이란 생각에 조촐한 상을 차리기로 했다. 하필 회의와 겹쳐 아내에게 부탁했는데 생전에 너무나 고왔던 형수님이라 추스르던 말이 생각나서인지 그럴듯하게 진상을 했다.

상 앞에 앉아 동생의 손이 거쳐 갔을 잔을 들고 마셨다. 동생과 뒹굴며 자라던 퇴색한 추억과 지나온 날을 되뇌이며 비록 희미해지긴 해도 지워지지 않는 흔적이 취기가 오를수록 방안 구석구석 튀어나온다.

"여보! 우리가 제사 명절 모시는 중에는 어머니 곁에 동생 잔도 같이 놓도록 합시다." 또렷하지 못한 나의 요구에 "그렇게 해요." 답해주는 아내의 목소리가 곱다.

뒤 새가 터지면

벌초를 끝내고 초가을 강쇠 바람이 살랑살랑 불어오면 겨드랑이 땀띠가 자취를 감춘다. 뒤이어 고온 건조한 북동풍으로 교체할 때면 할아버지는 이때 불어오는 북동풍을 높새바람이라 하지 않고, 뒤 새가 터졌다고 했다. 조석으로 기온 차가 생겨나고 하늘에는 자주 보이던 검은 비구름이 멀찍이 물러나니, 천고마비 계절을 알리는 바람이다.

할아버지는 아침 일찍 일어나 숫돌에 낫을 갈면서 날을 세운다. 풀을 벨 수 있는 손보다 낫의 수가 더 많다. 해마다 높새바람이 터지면 갈 초 준비를 위해 온 가족이 분주하게 움직인다. 이슬이 풀숲에 숨은 이른 아침, 지게 위에 낫을 꽂아 지고 이슬에 치여 질척이는 고무신을 끌면서 들로 산으로 풀 베러 온 가족의 행군이다.

갈초를 아무 때나 베는 게 아니라 뒤 새가 터진 후에 베는 데는 나름대로 이유가 있다. 청명한 하늘과 비구름이 잠시 비켜난 틈도 있지만, 그동안 잘 자란 풀이 시들해지기 전 영양가가 있을 때 베어야 한다. 비가 뜸한 시기에 파랗게 잘 말린 갈초를 거둬들여야 하기 때문이다. 시기를 놓칠 수 없어 모두 부지런히 풀을 베었다.

마소를 많이 거느리는 사람은 넓은 목초지를 관리하면서 많은 인부를 고용하며 여러 날 작업한다. 부익부 빈익빈은 그 당시에도 없지 않았다. 자그마한 목초지만 있어도 덜 서러운데 없는 사람은 산야를 온통 헤집고 다녔다. 젊고 힘깨나 있는 사람은 자기 소유도 아니면서 사전에 주위 나무나 풀에 헝겊으로 명인을 하는데 작업하다가 경계를 넘으면 목소리를 높이곤 했다.

시계가 일 초 일 초 변함없이 제 갈 길을 가듯 계절 또한 오고 감이 변함이 없다. 뒤 새가 터지는 시기도 이와 같다. 불어오는 바람을 향해 눈을 감으면 할아버지 담배 냄새도 같이 실리어 온다. 실루엣처럼 희미한데 긴 담뱃통 꼬나물고 억새꽃을 조여 묶은 불씨를 한 손에 쥐고 가족의 발걸음을 재촉하는 모습이 아련하다.

마소가 없으면 농사를 지을 수가 없었다. 농사지어야 먹고살 수 있던 시절에 소를 키우는 일을 결코 게을리할 수가 없었다. 소 한두 마리 키우지 않는 집이 거의 없었다. 초가집 올렛문을 들어서면 문간 한쪽이나 마당 한 편에는 으레 쇠막이 있다. 위에는 쟁기가 걸려있고 막 안에는 누렁이 또는 검둥이 암소 한두 마리 매여 있는데, 드물게 귀여운 송아지가 젖을 빠는 모습도 볼 수가 있다.

목돈을 구경하는 일 좀처럼 없는데 송아지를 잘 키워 팔면서 흥정을 끝내면 모처럼 얼굴이 환해진다. 밀린 학비도 줄 수가 있고 제사 명절에 쓸 흰쌀도 미리 준비하고, 고생한 가족들 신발과 옷가지도 마련할 수 있다. 행복한 웃음도 잠시 어미 곁에서 끌려가지 않으려고 발버둥 치는 송아지를 보면서 어머니와 아들은 돌아서서 눈물을 보인다. 갈초를 풀어주면서 쓰다듬던 정든 마음을 쉽게 버리지 못함이다.

조상 묘 벌초를 하면서도 가시를 추려내고 가족들 모두 지게에 나누어지고 왔다. 갈초뿐 아니라 땔감으로 긴요하게 쓰던 시절이다. 갈초를 촐이라 하고 목초지를 촐왓이라고 한다. 이마에 흐르는 땀을 닦으며 촐왓 구석구석을 맨손으로 가시에 찔리기도 하면서 빈틈없이 베어냈다. 가족을 돕던 초등학교 저학년 소년은 무디어진 낫을 숫돌에 가는 일을 했다. 날을 세우지도 못하고 겨우 물이나 적신 꼴인데 그래도 잘한다고 추스르던 할아버지는 한 손이 얼마나 아쉬웠을까.

울 한쪽에 나무나 돌로 기반을 정리하고 촐 눌을 쌓았다. 그동안 고생한 보람을 쌓아 놓고 보면서 흐뭇해하던 할아버지 할머니 어머니, 갈초를 베면서 손가락을 베어 피 흘리며 징징대던 고모 모습까지 어른거린다. 촐 눌뿐이 아니다. 울안에는 조그만 장작 눌에서 부터 갈초로 긴요하게 쓰이는 조짚 눌, 콩깍지와 보릿짚 눌도 있고 땔감용 고사리 눌도 있다. 눌의 범위가 그 집안의 경제를 가늠하는 잣대가 되던 시절이다.

갈초로 땔감으로 칡넝쿨까지 베어낸 산과 들은 주위가 탁 트여 훤했다. 가시넝쿨도 정리해서 묵은 풀 사그라진 모습이 별로 없었다. 근래 지난날 익숙했던 지경에 자신을 뽐내며 고사리를 채취한다고 들어섰다. 몇 번 방향을 틀었을 뿐인데 동서남북 구분할 수가 없어 식은땀을 흘렸다. 고사리 채취하던 사람 행방을 못 찾는다는 뉴스가 남의 일이 아니다.

자연보호! 누구에게나 살갑게 다가온다. 발걸음이 끊긴 산야가 정글로 변해가는 것은 자연보호가 아니다. 가시를 쳐내고 나무 위로 오르는 넝쿨도 베어내면서 관리하는 게 자연보호가 아닌가 싶다. 산불 진화를 위해서 만들어진 임도인데 사그라진 묵은 풀이 쌓였다. 산불이 나면 천재다 인재다 입맛 대로들 해석하지만, 모두 일이 끝나고 난 후의 평가다. 산불을 대비하기 위해서라도 임도를 정비하는 일, 연례행사였으면 좋겠다.

떡 하는 날

명절 하루 전날이 떡 하는 날이다. 일 년에 두 번 할머니와 어머니가 마주 앉아 콧등에 떡가루 묻은 줄도 모르고 열심히 송편 만들던 날이다. 어린 날 내가 제일 좋아했었지. 오늘도 떡 하는 날은 어김없이 왔건만, 집집마다 떡 한다고 분주한 모습도 길가에 떡 들고 다니는 아이도 없이 퇴색해버린 이 날이 별로 즐겁지 않다.

어머니가 지내시던 방 남쪽 창가에 찾아온 흠 하나 없이 충만한 둥근달을 바라본다. 설운 삶만 살다 가신 어머니와 아버지 같은 형님이라고 나를 의지하다 먼저 간 막냇동생이 달 속에 있다. 친구들과 어울려 술 마시러 다니지 말고, 추석날 형이 차린 상에서 식사해야 한다고 어르는 모습이다.

오를 때 보지 못한 꽃을 내려갈 때 보았다는 시인을 떠올려본다. 내 인생 종심의 간이역을 훨씬 지나서 중천을 가는 흠 없는 원만한 달을 흐릿한 눈으로 보고 있다. 애면글면 우여곡절과 온갖 사연이 깔린 자갈길을 모질게 걸어온 모습이 떡 방아 찧는 옥토끼 곁에 투영되고 있다. 덕지덕지 기워입은 삶이고 보니 웃는 모습은 별로 보이지 않는다.

어제는 떡 하는 날 모여들 손자들이 좋아하는 고구마튀김을 만들기 위해, 유달리 비가 많아 수확이 별로인 고구마를 한 바구니 캐고 왔다. 오는 길에 해수욕장 유원지에 각양각색 즐비한 천막 사이로 반라의 모습을 한 사람들이 성황을 이루고 있다. 이를 보면서 아내가 투덜거린다. 명절에 조상 모시지 않고 절 한번 하지 않아도 재미있게 살아가는데, 명절은 꼭 해야 하나. 못 들은 척 운전대를 잡은 손에 힘을 주고 오직 앞만 응시하면서 페달을 밟았다.

중국을 여행하면서 공자의 흔적이 많은 중국에서 제사는 어떻게 지내느냐고 물어봤다. 적어도 우리보다는 더 정숙하게 조상을 모시리라 생각하고 질문했는데 답이 예외다. 모시지 않는다는 것이다. 국가에서 행하는 국경일 또는 명절 이외 모든 제례는 문화혁명 이후 사라졌다고 한다. 하기야 드넓은 땅에서 교통인들 편할쏜가. 그래도 밤잠 설치며 고향 찾는 우리나라가 공자의 가르침에 모범적이라는 자부심이 든다.

부처님의 나라 태국은 유별났다. 국방의 의무를 다하는 우리나라같이 태국은 가문을 대표해서 큰절에 스님으로 입적하고 독립된 칸에서 생활한다. 조상의 제일에는 제물을 준비해서 가족이 스님으로 있는 절의 칸으로 모여 향을 사르며 절을 한다. 중국인은 타국에서도 묘지를 공동으로 마련해서 무덤을 만들지만, 태국에는 화장 후 강물에 뿌려서 무덤이 없다.

중천을 기우는 둥근 달 속에 어리는 어머님께 효도를 못 해 미안하다는 마음의 메시지를 띄운다. 효도는 마음으로 한다지만, 손으로 한다. 지금의 반만 여유가 있었으면 좀 더 성의껏 넉넉한 효도할 수 있었을 텐데, 너무 송구스럽다. 특히 제사, 명절 때 쓰려고 어머니가 어렵게 마련한 쌀을 숨겨두면, 쥐 드나들 듯(쥐새끼처럼 찾아서) 주머니에 넣고 다니며 간식으로 먹던 시절이 밉다.

당시에는 시집갈 때까지 쌀 서 말을 못 먹는다고 했다. 보리와 좁쌀도 귀한 시절에 얼마나 곤밥이 귀했던지 제사, 명절, 잔치 때 아니면 구경조차 힘들었다. 집안 대소사에 고기를 만지는 사람은 할아버지가 유일했다. 상에 올릴 육적을 마련하고 나서 자투리를 얻어먹으려고 할아버지 곁을 떠나지 않고 쪼그려 앉은 모습도 달 속에 어린다. 도마 귀퉁이에 굵은 소금을 칼 뒷등으로 찧어서 고기 한 점 입에 넣어주시던 인자하신 할아버지 모습도 예전에는 보이지 않았는데…

쌀도 고기도 흔한 풍요로운 세상이 되었다. 집에서 송편 만들지 않아도 되고 단오명절은 은근슬쩍 사라졌다. 시루떡 찐다고 좁은 부엌에 초가집 얽다 남은 줄로 만든 방석에 앉아 연기 때문에 눈물 닦던 할머니와 어머니가 떠난 후 시루도 함께 떠났다. 조상 배우 제사는 합제로 모시고, 조상 묘를 한곳에 모아 가족묘를 만들어 가는 게 요즘 대세다. 명당이 무슨 소용인가. 장례는 3일장이 보편화되었다. 대·소상은 부조 받으려는 눈치가 보여서 할 수가 없다.

내 주변에 바쁘게 살아가는 이웃이 있다. 부모 제사를 모아 지내는데 집에서 준비하는 것은 수저와 젓가락뿐이다. 떡, 메, 갱까지 전부 업체에서 준비한다. 절만 하면 끝이다. 자시에 지내는 게 아니라 9시 이전에 파제한다. 이보다 더 편한 삶이 있을까. 내 인생 어느 시점에 이르렀는가. 주위를 탓하고 참견하면 손가락질받을 나이가 되었다는 것을 몸소 느낀다. 세월이라는 도둑이 흔적 없이 만들어 놓은 것이다.

내일 추석 차례상에 고개 숙이고 기원하자. '언제나 웃음이 머무는 가족이 될 수 있도록 굽어살펴 주십시오'라고. 자식과 음복하고 손자들과 준비한 음식 나누면서 "어디에서 어떻게 살아가던 조상을 기리고 효도해라." 제사, 명절날 유원지에서 지내지도 말고, 가방 메고 여행 나가는 후손이 되어서는 안 된다는 얘기는 꼭 해야겠다.

포용

평소 저녁 시간에는 예약하지 않으면 좀처럼 자리 얻기가 쉽지 않은 식당이다. 만나기 힘든 사람들이 어렵게 온다는 걸 알았는지 들어선 식당 안이 오늘따라 텅 비어있다. 모도록 앉아 있던 종업원들이 우리 일행을 보자 제 위치로 재빨리 움직이기 시작한다. 일행 중에 특별한 연분이 있어 그런지 주인이 반가이 맞이한다.

안쪽으로 자리를 안내하면서 그래도 구면이라고 오랜만에 뵙는데 별로 변하지 않았다고 너스레를 떤다. 역시 사람들이 모이는 식당에 주인은 뭔가 달라도 다른 느낌이다. 자리에 앉자마자 종업원이 쪼르르 접시를 들고 오면서 "오늘 고기 중에 최고 상품입니다." 하면서 올려놓는데 역시 특별한 연분의 향을 맡을 수가 있다.

세 사람이 이런 자리에 앉기까지 얼마 만인가, 많은 날이 흘러 이제는 생각조차 희미하다. 한마을에 살았으니 지나다 스치는 일도 많았지만, 반갑게 눈 마주치면서 인사한 적이 있었던가 부닥칠 것 같으면 엉뚱한 사람과 얘기 나누는 척하고 사람이 없으면 외딴곳을 보면서 못 본 척 지나친 게 그동안의 모습이다.

세 사람은 같은 족보에 이름이 실려있다. 우리 마을은 설촌의 역사가 도내에서도 손꼽히는 대촌이다. 그런 연유에서인지는 몰라도 선영이 2기 있는데, 그중 1기가 집안의 선영이다. 젊은 날 묘제 또는 벌초 때마다 같은 선영의 풀을 베고 뽑으면서 그런대로 친족이라는 개념을 잊지 않고 웃으면서 인사하고 지내왔다.

사이를 벌어지게 한 큰 이유는 이장 선거였다. 서로 다른 후보를 후원하면서 멀어지더니 진작 내가 출마했는데 상대방을 후원하면서 점점 꼬여졌다. 원래 벌초를 같이하던 괸당이 아니었다면 원망은 덜 하였을지도 모르겠다. 당연히 도와줄 것이라 믿었던 괸당의 배반은 당락을 떠나 쉽게 어울리지 못했다.

같은 족보에 들어 있지만 두 사람은 곁쪽이고 나는 곁붙이이다. 그러나 두 사람의 선대가 살아생전에는 나이가 나하고 비교할 바 아니지만, 동생이라고 부르면서 남하고는 다르게 대해 주었고, 또 한 분은 삼촌이라고 부르는데 조금은 민망스러울 때도 있었다. 그러나 혈족이라는 진한 유대감과 함부로 할 수 없다는 생각을 간직하게 하는 계기가 된 것 같다. 비슷한 상황이 아니라 조금은 불편한 관계에서도 팔은 안으로 굽는다는 사고를 지닌 세대는 어느덧 차례로 묻혀 갔다.

선대가 삼촌이라고 예우를 했는데 그 녀석은 형님이라고 부른다. 술 한 잔 나누는 자리에서 "꼬박꼬박 존댓말이라도 해야 남과 다르지 않겠냐." 했더니 "현시대에서 무슨 족보가 중요합니까? 단군 족보가 편해서 좋습니다." 역시 한세대를 겪고 돌아보니 많이 달라지기는 했다. 돈 많고 출세한 사람을 초면에 만나서 인사를 나누다 우연히 같은 혈족인 걸 알면 족보를 우습게 보던 심보가 확 변하면서 나이가 어려도 "아이고! 삼촌뻘입니다."하니 참으로 꼴불견이다.

이런저런 일들이 꼬이더니 매듭이 되고 갈등이 생기면서 남보다 못한 혈족이 되어 갔다. 최근에 어렵사리 나이를 제쳐놓고 마지막 용기를 내어 마을 이장에 도전장을 내밀었고 많은 사람의 도움을 받아 당선의 영광을 얻었다. 여건이 상대방보다 열세였고 누구도 당선을 예견하지 않았다. "이번에도 여론 상 조금 밀리는 것 같은데 용기 잃지 말고 살아야 합니다." 집에서 술 한잔하면서 나누는 얘기는 절망적이었다.

예상외로 많은 선거인이 나를 선택해 준 것은 천운인가 싶다. 남은 일은 보답하는 일, 나름대로 열심히 해야겠다는 다짐을 수없이 한다. 이번에도 예외 없이 두 사람은 상대방을 응원했다. 이민里民 모두를 차별 없이 예우하는 일이 소임이지만, 별로 눈길을 주지 않았다. 업무를 시작해서 일 년이 거의 되는 날 서류를 챙기는 괸당을 불러서 차를 나누었다.

그간 섭섭한 얘기는 하지 않았다. 기회를 봐서 세 사람이 같이 식사를 했으면 좋겠다고 제안을 했더니, 기다렸다는 듯이 자리를 마련하겠다고 화답을 한다. 좋은 고기가 좋은 향으로 익어 가는데 서로 술잔을 주고받을 뿐 그간 불편했던 얘기는 한마디도 하지 않았다. 좋은 얘기와 큰 웃음으로 모든 걸 삭혔다.

"우리의 불편으로 끝나는 게 아니라 이 서먹한 관계가 다음 대까지 이어지지 않도록 모두 사이좋게 지내도록 하자. 사적인 자리에서는 존칭도 지켜야 괸당 아닌가." 했더니, 다음부터는 자주 만나는 자리를 마련하자고 이구동성으로 결의하고 나서는 발길이 들어설 때보다 한결 가벼웠다.

큰 산은 돌과 흙을 가리지 않아 모두 품었고, 바다는 어떤 물도 가리지 않아 받아 정화하면서 일체가 된다. 상처받은 기억은 곱씹을수록 부풀려지고 아프기만 하다. 종심의 나이에 화해해야 할 사람을 찾아보고 포용을 다시 한번 되새기면서 다음 만날 날이 기다려진다.

선거

각 진영마다 먹을 것이냐 먹힐 것이냐 약육강식의 동물의 왕국보다 몇 배 요란한 투쟁 과정을 거쳐 선수를 정해 놓았다. 진영의 크기에 따라 호랑이와 사자 강아지와 토끼 몇 마리가 링 위에 오른다. 이제부터는 개인전이 아니라 단체전이다. 선수의 승패에 따라 진영의 영토가 결정되는 터라 죽기 살기로 뜯고 할퀴고 입으로는 민주적으로 한다지만, 험악한 게 선거판이다.

역사 속에는 당파싸움으로 득세하고 멸족하는 내용으로 가득 차 있다. 비록 우리만의 역사가 아니라 세계사도 다르지 않다. 당파싸움으로 지고 이기면서도 맥을 유지하고 오늘날 쌀밥을 먹게 된 게 신기하기는 하다. 대통령 선거가 코앞이다. 연일 쏟아지는 네거티브가 매스컴을 타고 전국 곳곳으로 퍼진다. 때로는 눈살을 찌푸리게 하는 내용도 많지만, 싸움 구경 싫어하는 사람 몇이나 될까.

선거로 얼룩진 자신을 톺아본다. 많은 선거에 선수로 참여했다. 마을에서는 제일 많이 링 위에 올랐고 오를 때마다 타이틀은커녕 TKO패다. 링 밑으로 내려오는 선수를 부축하는 사람은 없고 모두 승자편이다. 가만히 구경만 하려는데 끈질기게 집적거리면서 부추기던 사람도 게임 후에 보면 상대방에게 박수를 보내고 있었다. 간신배가 역사 속에만 있는 게 아니다.

전문가는 시험으로 능력을 검증하여 가려낼 수가 있지만, 선량은 세력과 돈이 좌우한다. 떨어져서 처음 듣는 얘기가 그동안 술값에 인색했다는 것과 상부상조하는데, 참여를 게을리하고 베푸는 일에 소극적이었다는 것이다. 이런 얘기를 할 수 있는 사람이 무척 부럽다. 저 사람은 나보다 얼마나 술값을 더 냈고 부조를 했을까? 동네 궂은일에 얼마나 더 참여했을까, 아무래도 나보다 나은 게 없다. 남의 말을 쉽게 할 수 있다는 게 야릇하기만 하다.

거울은 드러난 겉모습은 여지없이 보여 주지만, 속은 보여 줄 수가 없다. MRI 또는 MRA 과학의 첨단기술로 머릿속에서 발끝, 또는 혈관 속까지도 살필 수는 있다. 하나 후보자의 사돈의 팔촌까지 겉과 속을 샅샅이 꺼내놓고 비춰볼 수 있는 것은 선거뿐이다. 후보자 자신도 모르는 선조의 역사까지 빠짐없이 도마 위에 오른다. 자기들의 식성에 맞게 요리하고 맘껏 즐기면서 욕하고 응원하는 재미로 선거를 하는가.

선수로 뛰어 본 사람과 뒤에서 구경만 한 사람과는 느낌이 다르다. 선수가 웃는다고 전부 웃는 게 아니라 속에서 열불이 나도 참을 수 있어야 선수다. 최고의 연예인이고 카멜레온이다. 링 위에서 경기를 해봐야 가까운 사람 멀리해야 할 사람이 확연히 보이고 얼기설기 엮어진 줄기를 알 수 있다. 선수는 잃은 것만 있는 게 아니라 얻는 것도 많은 게 사실이다.

젊은 날 의욕만 있을 뿐 부족한 것을 돌아보지 않고 출마했다. 더 높은 곳으로 도약하기 위해서는 탄탄한 발판이 필요했다. 남들처럼 조건이 좋으면 마을 안에서의 전쟁을 치르지 않고도 할 수 있지만, 모든 게 빈약한 나는 마을 일을 하면서 신용을 쌓고 세력을 넓혀 도약의 기회를 얻고자 했다.

지금도 인물보다는 혈연·학연·지연을 무시할 수 없지만. 당시 어르신들의 혈연은 막무가내였다. 집안의 명예라 생각하고 모두가 운동원이었다. 4대 이상 독자나 다름없는 집안이고 더구나 처가까지 외지이다 보니 늘 버거웠다. 도와준다는 사람마저 상대방의 세력에 밀려 숨어 버리기 일쑤다. 함을 열기 전까지는 이겼다고 하는데 결과는 늘 달라지지 않았다. 젊은 날 도약의 꿈을 접어야 했다.

마을 외에서 행하는 선거에서는 그래도 당선을 여러 번 할 수 있었던 게 큰 위안이다. 도약의 꿈을 접은 종심의 나이, 후배를 도와줘야 할 나이다. 2020년의 선거는 유별났다. 11월에 선거를 치러야 하는데 코로나19가 덮치더니 순조롭게 진행이 되지 않았다. 동년배가 출마를 선언하고 10년 후배가 손을 들었다. 나를 추천하는 것을 뿌리치고 후배를 돕기로 했다.

두 사람이 등록을 마쳤는데 향약 상 문제가 생겼고 재등록 과정에서 후배가 기권하면서 자의 반 타의 반 배턴을 이어받았다. 좀처럼 코로나19로 마을이 뒤숭숭하여 뒤로 밀리기만 하는데 새벽에 일어나 보니 밤새 눈이 발목까지 쌓였다. 친구인 상대방 후보자 집을 찾았다. "친구야 한번 양보해 줘라. 나는 마을 선거에 5번 이상 떨어졌는데 이번에 명예 회복이라도 해야만 원이 없겠다." 막무가내다.

　돌아오면서 마을 모든 직책을 섭렵한 상대방의 기둥인 동생 집을 방문하고 사정했지만, 날씨만큼이나 싸늘했다. 그래! 열심히 하자. 돌아서며 각오를 새롭게 하고 말리는 아내와 주변을 뿌리치고 손을 호호 불며 가가호호를 누볐다. 말리면서도 주방에 촛불 켜고 비는 아내의 비손을 생각하고 '나를 응원하면서 한 번도 웃어보지 못한 사람들이 크게 웃을 수 있도록 해 보자.' 하는 결심으로 열심히 뛰어다녔다.

　지금도 잊지 못하는 세 사람, 큰 연고도 없지만, 막무가내 이번에는 꼭 되어야 한다며 나보다 더 열성으로 도와준 덕분에 과분한 표 차이로 당선의 영광을 얻었다. 그동안 자식들의 헌신적인 희생을 어찌 잊을 것인가 조용히 잠든 아내의 비손을 얼굴에 가만히 대어 본다.

가족사진

조그만 감나무 묘목을 울안에 심은 지 30년이다. 굵어진 줄기 따라 지붕과 어깨를 나란히 한 가지마다 검푸른 잎사귀 뒤에 숨은 아기 감이 빼꼼히 나를 본다. 언제 이렇게 자랐나 새삼스럽다. 나무가 자라는 세월 따라 백발이 늘어난 것을 생각하면서 무엇하나 특별히 내세울 것도 없으면서 너무 허송세월한 게 아닌가 뒤돌아본다.

초가삼간에 제비집 같았다. 아픈 어머니를 의지하고 4남 1녀는 뺏고 뺏기고 아웅다웅하면서 웃고 울기를 반복하며 배는 곯았지만 건강하게 자랐다. 장남으로 결혼한 후에는 정든 둥지를 떠나야 했다. 셋방살이 10여 년을 하는 동안 동생들 모두 둥지를 떠났다. 점점 약해진 어머니 곁에는 아무도 없었다.

대문을 열고 나갈 때는 신혼부부였는데, 들어설 때는 부부 손에 각각 아이들 손잡고 등에 업고 다섯 식구가 되어 있었다. 오랜만에 둥지로 왔지만, 기쁘다는 생각보다 책임감으로 묵직함이 와닿는다. 아이들이 천방지축 뛰노는 마당이 있어 좋고 염려해주시는 어머니의 목소리가 사뭇 정겹다. 결혼 후부터 고부간에 별로 다정치는 못했다. 남편을 뺏기고 살아오면서 의지했던 아들마저 뺏기는 것만 같은 어머니 마음을 온몸으로 느낄 수가 있었다.

밖에서 들어서다가 아내와 어머니가 말다툼하는 것을 보면서, 잘잘못을 떠나 우선 아내의 뺨을 때려야 했다. 효도한다는 생색을 내는 게 아니라, 역시 아들은 내 편이라는 모습을 어머니에게 보여드리는 게 도리라 생각했다. 가정의 평화를 유지하려는 가장의 어쩔 수 없는 판단이다. 방안에서 우는 아내를 향해 큰소리로 질책하면서 방문을 닫은 후에는 정말 미안하다고 하면서 손을 잡아주었다.

아이들이 자라는 동안 어른들은 늙어 갔다. 아이들 뒷바라지에 어머니에게 눈길은 뜸했던 게 아닌가. 그때는 몰랐는데 많은 세월 지나 돌아보니 한이 되고 되돌릴 수 없는 아픔이 되어 와닿는다. 돌아가신 후 한 번도 꿈에 나타나지 않는 것은 아직도 섭섭함 때문은 아닌지 효도 한번 제대로 못 한 자신이 너무 밉다. 생전에 그럴듯하게 찍은 사진 한 장 없다. 다행히 주민등록증을 만들면서 찍은 사진을 어렵게 복사해서 영정사진으로 제작했다.

지금은 많은 사람이 핸드폰으로 쉽게 통화도 하고 사진도 찍는다. 당시에는 사진사의 손에서 불이 번쩍하는 사진관이 있었다. 사진을 찍는다는 게 여유도 없었지만, 좀처럼 기회도 없고 카메라가 보편화되지 않은 시기였다. 신랑 신부가 마당 가에 화분 하나 놓고 결혼사진 찍던 시절에 신랑 신부와 같이 가족사진, 친구들 사진은 생각지도 못했다. 환갑잔치에 초대된 사진사가 최고의 대접을 받았다.

집 집마다 눈에 잘 띄는 곳에는 가족사진이 걸렸다. 우리 집에도 어머니와 재잘거리던 동생들 사진이 없는 것이 한이 됐는가 내 나이 50대, 60대, 70대 가족사진이 살아온 역사를 함께 간직한 채 걸려있다. 가족사진을 찍는다는 게 생각보다 어렵다. 뒤로 갈수록 더 어렵다. 명절 또는 생일 때 "우리 가족 사진 찍자"하는 말이 떨어지면 만장일치다. 말은 쉽게 해놓고 실행하기가 여간 어려운 게 아니다. 그래도 50대는 부부와 아들 둘 딸 하나 단출하니까, 덜 어려웠지만, 그때도 술 먹는 장남을 끌어다 사진을 찍었는데 지금도 사진에서 술 냄새가 나는 것만 같다.

60대 사진에는 며느리 둘이 늘었다. 귀여운 장손이 떡하니 자리했고 며느리 둘 다 볼록한 배를 볼 수가 있다. 10년 새 달라진 모습이다. 지금도 시집 장가 못 가거나 안 간 청춘들이 몽달귀신 되려나 부모 속 썩이는데 우리 아들 모두 효자다. 사돈 얼굴 보기 전에 뱃속에 보험 먼저 들었으니 부모로서 가타부타할 여유가 없었다. 속으로 불만이 전연 없는 건 아니지만, "네가 정했으니 네가 책임져라." 다짐을 해두는 게 다음을 위해서 던져두기는 했다.

손자들의 옹알이를 보물과 견줄 바 아니지만, 때로는 귀찮고 성가셔서 피하기도 하는 가운데 세월은 또 10년이 훌쩍 지나갔다. 50대 찍은 나의 모습을 닮아가는 장남 가족이 다섯이다. 첫째 둘째가 아들인 걸 자랑했는데 딸 하나 기대하면서 얻은 셋째마저 아들이다. 실망하는 며느리에게 "남자들, 네 기둥이 떡 버틸 테니 편안할 거다."라는 말을 건넨 게 엊그제 같은데 셋째가 벌써 초등학교 4학년이다. 작은아들네는 아들, 딸을 차례로 두었는데 손주 여섯 중에 손녀가 있어 다행이고 그래서 귀여움을 많이 받는 편이다.

딸이 작은아들보다 위인데 늦게 배필을 정해 이제 겨우 세 살배기를 얻었는데 실 굳은 다른 손주들에 비해 어리니 많은 관심이 갈 수밖에 없다. 경상도 사위가 제주에서 대학교를 나오고 직장에 다니면서 인연이 되었다. 우여곡절 어려운 가운데 자식을 얻고 좋아하는 딸네 부부를 보면 덩달아 행복해진다. 70세를 기념하는 촬영에 앞서 작은아들네 불화가 꽤 오랜 가운데 사위는 고향으로 발령되어 떠나가게 되었다.

"이번 사진에 빠진 사람은 가족으로 인정하지 않겠다."라고 으름장을 놓았다. 물론 작은며느리를 겨냥했지만, 모두 참석하라는 통보다. 딸네가 떠나가면 모이는 게 어렵겠다는 걸 염에 두고 한 말이기도 했다. 대가족이 찍힌 사진을 보며 다시 한번 어머니와 동생들 사진이 없는 걸 생각하면 우울해진다.

바다 건너 딸네 집에 걸린 사진을 보며 아직 말은 못 하지만, 할아버지 하면 손으로 짚는다는 세 살배기를 떠올리면 '그래, 내세울 만한 일은 없지만, 일가를 이루었으니 조상님께 뵐 면목은 세웠다는 마음 든든하다.

빈 쇠막

젊은 날이 언제던가. 별일도 아닌데 힘 좀 쓰고 나면 팔다리 허리가 예전과 사뭇 다르다. 그래도 다행인 것은 마을에 사우나탕이 있어 자주 찾는다. 더운물 찬물 몇 번 끼얹고 나면 조금은 개운한 느낌이 든다.

추운 날씨에는 집에서 면도하기가 싫어 찾기도 하고, 온탕에 지그시 눈 감고 앉아 머릿속을 비워내는 일이 좋기도 하고, 근래엔 늙은이 냄새가 날까 봐 찾기도 한다. 때로는 오랜만에 지인과 맨몸으로 만나서 안부를 묻는 기회가 되기도 한다.

휴일이라 낮 시간대에 들렀다. 원체 바쁘게 활동하는 분이라 좀처럼 만나기 힘든 선배가 온탕에 목까지 잠그고 앉아 휴식을 취하고 있다. 서로 눈인사를 반갑게 하고 같은 온탕에 몸을 담갔다.

"아니, 형님이 이 시간에 어떻게 오셨습니까."

"나라고 계속 일만 할 수 있나. 오늘 키우던 소를 모두 팔았네, 43년 동안 소를 키웠는데 점점 소득에 도움이 안 되고 나도 늙어 힘에 부쳐서 할 수 없이 정리했네. 이제 정말 시원하네."

입가에는 웃음을 띠고 있었지만, 눈동자는 서운함을 감추려고 애쓰는 모습이 역력하다.

"조석으로 소를 벗하고 살면서 외롭다는 생각을 못 했는데, 막상 모두 보내고 나니 허전한 마음이 든다네."

"어찌 안 그렇겠습니까. 아침에 눈 뜨면 쇠막으로 가서 눈부터 맞추고 송아지를 보면 온갖 시름을 잊으면서 살아왔는데 이제부터는 연세도 생각하면서 편하게 지내세요."

마침 온탕엔 둘뿐이라 편하게 대화를 할 수 있어 부담은 없었지만, 좀체 이야기를 끊지 않고 이어가는 것은 허전함을 메우려는 의도 같아 웃음으로 응수했다.

"소와 벗할 때는 몰랐는데 보내고 나서 주위를 돌아보니 술 한잔하면서 이야기 나눌 친구가 없네그려. 같은 골목에서 씨름하며 자라던 친구 중에는 먼저 저세상으로 떠난 녀석도 있고 자식 따라 마을을 떠나버려서 만날 수도 없고."

산수를 눈앞에 둔 선배님과 욕탕에서 주고받은 이야기가 귓가를 떠나지 않는다. 지금은 주택개량으로 흔적 없는 쇠막이 있던 자리를 떠올려본다. 80년대 경운기가 달달거리기 전에는 소 없이 농사를 짓는 게 불가능했다. 집 집마다 쇠막이 있었고 갈초 눌과 소의 두수가 그 집의 경제지표였다. 처가에서 소 한 마리 물려받으면 경사 났다고 온 동네 부러움을 사기도 했다.

겨울 동안 쇠막에서 갈초로 관리하면서 퇴비를 생산하고 춘삼월이면 마을 공동목장에 방목하는데 유축자끼리 조를 정하고 당번을 한다. 어르신과 당번하면서 잣담 확인한다고 뛰어다니는 일은 도맡아 하지만, 많은 경험을 들을 수 있고 마을의 역사를 배우는 계기를 얻을 수도 있다. 오늘은 무축자지만, 내일은 유축자가 될 수 있는 여건이었고 잣담이 무너지면 농작물의 피해가 따르는 탓에 목장 관리에 전 주민이 참여하기도 했다.

열일곱 살 때부터 쟁기로 밭도 갈았고 처가에서 소도 물려받으면서 북서풍이 시작되는 초가을에는 갈 초를 베고 쇠막에서 거름을 내기도 했다. 당시에는 너무나 보편적인 일상이었다. 송아지를 팔아야 큰돈 맛을 보고 아이들 학비와 살림살이에 도움을 얻을 수 있던 시절도 경운기의 우렁찬 소리가 들리면서 흠뻑 젖은 인심과 함께 소의 두수는 눈에 띄게 줄어들었다.

송아지를 생산하면 정부에서 장려금까지 내주던 시대를 뒤로하고, 오직 고기를 생산하기 위해 양축하면서부터 한두 마리씩 사육하던 농가는 모두 접었다. 우리 마을만 해도 500두 이상 사육을 하던 시절이 있었는데, 오늘 목욕탕에서 만났던 분이 마지막으로 출하함으로써 마을 안에는 소가 한 마리도 없다. 중산간이나 전업으로 사육하는 곳이 아니면 해변 마을에서는 전설이 되어 갈 것이다.

소는 우직하고 고집스러울 것만 같지만 커다란 눈망울을 보면 그렇게 정답게 보일 수가 없다. 밭갈이를 오가며 어둑하고 으슥한 좁은 농로를 쟁기 지고 소를 앞세우면 그리 든든할 수가 없다. 살림에 큰 도움을 받으면서도 잘 돌봐주지 못하고 실컷 부리기만 하다가 떠나보낸 소들이 떠오른다.

평생 소 대여섯 마리와 벗하면서 일가를 이루고 소처럼 우직스럽게 살아온 삶이라 벗들과 어울려 보지도 못했으니, 산수의 나이 되어 쉽게 달라질 수 없을 것만 같아 염려스럽다. 물론 마음을 터놓을 수 있는 벗도 만날 수 있겠지만, 어쩌다 소만도 못한 사람을 만났을 때는 빈 쇠막을 보면서 떠나보낸 소를 생각게 될지도 모른다. 지금부터라도 소에 대한 미련일랑 모두 잊고 경로당에서 좋은 분들과 어울리면서 건강하게 지내기를 기원해 본다.

제4부

경자유전

폐기되는 마늘밭

한창 청춘인 마늘잎이 잘려 나간다. 잘린 자국에서 파란 진액이 매캐한 신음을 내며 흐를 때 쓰다듬으며 키우던 농부의 눈가장자리에도 가느다란 핏발이 선다. 전년도 생산된 마늘이 소비가 덜 되어 창고에 쌓이고, 코로나19로 인하여 수요가 불투명하니 가격 보전을 위해서는 부득이 일부 폐기할 수밖에 없다는 농정의 결정에 따라 실행하는 것이다.

전년도 5월에 생산해서 좋은 종구를 선별하여 한여름 뜨거운 햇빛 들기 전에 정성스레 건조해 음지에 조상 모시듯 자식 키우듯 소중하게 관리를 했다. 콩 수확하고 나서 지열이 채 식지 않은 8월 중순 퇴비를 대신하는 비료를 뿌렸다. 무더운 날씨에 이마에서 흐르는 팥죽 땀방울도 거름이 되었을까? 1차 밭갈이하고 나서 2주 지나 토양살충제와 넉넉한 기비를 뿌린 후 2차 밭갈이하면서 비닐 피복을 했다.

피복하는 트랙터 뒤를 삽으로 흙을 듬성듬성 떠 놓는데 이게 보통 고역이 아니다. 일일이 손으로 하던 비료와 농약은 요즘 기계가 대신해 주니 고마운데 비닐 고정 하느라 흙 떠 놓는 것은 인력으로 해야 한다. 작년 다르고 올 다르다. 작년까지는 손발이 일한 것 같은데 올해는 허리가 일을 다 하는 것 같다.

비닐 멀칭 위에서 하는 일이 쉽지가 않다. 몸이 자유스럽지도 않고 더욱이 구멍 하나라도 놓치면 안 된다. 농사만큼 정직하고 고집스러운 게 없다. 구멍을 거르면 싹이 나지 않고, 여러 개 심으면 꼭 들어간 숫자만큼 나온다. 속일 수가 없다. 심기 싫은 모종을 주인 몰래 뭉텅이로 고랑에 묻어 버리면 나중에 토양 위로 고개를 내밀어 억울함을 주인에게 알리고 이실직고하게 만들기도 한다.

젊은 사람과 굼뜬 노인의 심는 동작도 유별나지만, 마늘 종구도 위아래가 있는데 지문이 닳아버린 손의 감각과 희미한 눈으로 일일이 확인할 수도 없어 더러는 위아래가 바뀌어 심는 경우도 있다. 어쩌다 모녀가 한 비닐 위에 앉으면 딸이 어머니 몫까지 구멍 몇 개를 더 심어 가는 모습이 보기 좋다. 뒤에서 종구를 조달하면서 보면 손은 쉬지 않고 일하고 있는데 입도 쉬지 않는다. 여러 사람이 한 번에 말을 하는데 모두 알아듣는 게 신기하다. 여인들은 특이한 특성이 있는가 보다.

심고 나서 한숨 돌리는가 했더니 싹도 나기 전에 태풍이다. 바람에 비닐은 벗겨지고 넘치는 물줄기는 흙을 바닷물결처럼 쓸려 내렸다. 흙과 함께 쓸려간 마늘을 줍느라 얼마나 속상했는지 모른다. 행정에서 사진을 찍기에 무슨 보상이라도 해주나 했더니 말짱 도루묵이다. 벗겨진 비닐이 한쪽이라도 지탱된 곳은 어찌어찌 마늘 심은 곳을 어림하면서 맞추어 가지만, 양쪽이 벗겨진 곳은 아예 철거했다.

추위를 견디고 생동하는 봄에 줄기에 물이 오르기 시작하면 추비와 영양제로 기운을 돋우면서 병충해 피해를 방제한다고 일주일이 멀다고 농약을 친다. 농약값은 농민을 생각해서 올리지 않는다고 얘기는 하는데, 주성분에 몇 가지 더하고는 농약 이름이 바뀌고 가격이 바뀐다. 계산에 밝은 젊은이들은 나날이 농사에서 손을 떼고 도시로 향했다.

시시때때로 투자한 것은 잊어버리고 최종 손에 넣은 판매금을 앞으로 새고 뒤로 새면서 주름진 하얀 미소를 짓는 노인이 주를 이루어 농사를 짓고 있다. 별로 할 수 있는 것도 배운 것도 없으니 평생 투덜대면서도 천직이라 생각하고 고생을 고생이라고 생각하지도 않는다. 젊은 시절부터 아침에 눈을 뜨면 밭을 직장으로 알고 살아온 삶이라 집에 있으면 견딜 수 없어 자식들이 뭐라 하든 말든 밭으로 간다. 밭고랑을 낙원으로 아는 순박한 사람이 농부다.

농작물과 소통할 수 있어야 농부다. 잎에 기운이 없고 땅이 마르면 물을 주고 키가 자라지 않거나 윤기가 없으면 비료를 준다. 잎에 구멍이 나고 줄기가 물러지면 농약을 뿌리면서 얘기를 한다. 제발 무럭무럭 자라서 좋은 결실 얻게 해달라고 부탁하고, 태풍 부는 날에는 아픔에 몸부림치는 작물을 보며 기운 내라고 응원도 한다. 자식 키우는 것과 유별난 게 없다. 일부 보상은 받는다고 하나 자식같이 키운 작물이 결실을 보지 못하고 폐기처분 되는 장면이 편할 리가 없다.

앞으로 2주 전 후해서 수확기이다. 남은 마늘만이라도 소중히 생각해서 수확할 생각이다. 언제나 이때쯤이면 "마늘 언제 맬 꺼 꽈"하며 물어오던 막냇동생 생각이 난다. 아버지 같은 형님이라고 따르던 동생인데 작년 여름에 이승에서 더는 견디지 못하고 서둘러 가버렸다.

결실을 앞두고 허무하게 폐기되는 마늘 밭두렁에서 주책없이 왜 동생 생각이 나는지 모르겠다.

할아버지 생전에 낫을 갈면서 중얼거리던 말이 생각난다. "자식 못난 거, 농사 안된 거 할 수 없지" 소홀히 말고 알뜰히 거두어야 한다는 말인데 폐기처분 하는 것을 보면 뭐라 할까. 농자천하지대본農者天下之大本을 국가 유지의 근본으로 여기던 대신들은 먼저 떠났고, 국회 안에도 농수산 관련 목소리를 내는 국회의원 목소리가 들리지 않는다.

회장, 사장님 짓는 빌딩은 나날이 높아만 가고 전기, 전자, 자동차, 선박생산 공장은 산을 허물고 바다마저 매립해 간다. 생산품을 팔기 위해 농산물 수출은 엄두를 못 내고 오히려 공산품을 수출한 대가로 농산물을 수입해야 한다. 국가 입장으로는 수지맞는 장사를 해야겠지만, 농산물을 생산하는 사람에 대한 배려를 걸맞게 하는 게 도리 아닌가 싶다.

과잉 생산된다고 하여 폐기하기보다는 계획생산이어야 한다. 생산에 비례하는 보상을 해주면서 농지를 쉬도록 하는 일. 농민들 속상하지 않고 농지를 살찌우는 일 얼마나 좋은가. 농민에게 미안하지 않고 오히려 복지를 유지하면서 눈치 보지 않고 수입도 할 수 있잖은가. 이제는 밭두렁에서 서성대는 모습 자취를 감추는 날이 왔으면 좋겠다.

소득증대와 도유지

도유지를 일구어 경작하고 있는 밭두렁에 함부로 경작하지 말라는 경고판이 박혀있다. 이를 보는 농민의 가슴속에는 지난 세월이 파노라마처럼 강물로 굽이쳐 흐른다. 자신과 무관한 토지인 걸 모르지 않는다. 언젠가는 손을 놓아야 하는 것도 알고 있다. 하지만 어떻게 만든 땅인가. 욕심을 내거나 기득권을 주장하거나 대들 줄 모르는 순진하고 힘없고 가난한 농민들이 삽과 괭이로 개간하면서 농사를 지었다.

근면 자조 협동의 기치를 들고 일어난 게 1970년대 새마을운동이다. 낙후된 농촌을 근대화시키기 위해 범국민적 지역사회 개발 운동으로서 촛불 집회와는 본질부터 다르다. 전국 방방곡곡 새마을노래 부르지 않는 곳이 없었다. 길가는 꼬마들도 새마을 노래를 흥얼거렸다. 새벽부터 풀을 베어 퇴비 생산하는 데 동원되고, 좁은 길을 넓히려고 담벼락을 청년들이 무너뜨리면서 넓혀나갔다. 주인들도 큰 흐름에 별도리가 없던 시절이다.

당시에는 시멘트를 석회라고 했는데 귀했다. 행정에서 마을별로 배당되는 게 매해 400포대 정도였다. 각 동에서 악다구니하면서 배당받고 저질모래를 자급자족해 길을 포장하는데 연차적으로 할 수밖에 없었다. 헌 옷 기운 것같이 너덜너덜 도로 색깔이 다르고 바닷모래 섞인 곳은 금방 파이기 일쑤였다.

선진국이 된 근래에도 소득증대라는 용어가 예사로이 쓰이지만, 예전에 소득증대와는 별다른 느낌이다. 당시에는 급류에 떠내려가지 않으려고 사력을 다해 노를 젓는 소득증대라면, 요즘은 평온한 바다에 느긋이 여유를 갖고 노 젓는 소득증대라는 느낌이다. 열 살 이전에 지게를 지고 보리를 날랐다. 고사리도 꺾어서 학용품도 사고 땔감을 구한다고 들판을 누비기도 했다. 외양간 소고삐 잡고 물 먹이러 갈 때면 키가 작아 반대편에서는 머리도 보이지 않았다.

이러한 시절을 같이한 사람들은 진정한 소득증대가 무엇이고 왜 그에 매달렸는지 안다. 새마을정신의 핵심은 땀 흘려 일하고 소득증대 힘써서 부자 마을 만들자는 것이다. 당시에는 땀 흘려 일할 곳이 많지 않았다. 해녀들은 해빙기가 되면 동해 서해 남해로 원정물질 하러 떠나고 젊은이는 힘은 있는데 힘쓸 곳이 없다. 땀 흘려 일하려 해도 밭뙈기는 얼마 되지 않고 온종일 밭갈이할 밭은 마을 전체 몇 필 되지도 않았다.

한 평의 땅이라도 놀리지 말고 호박이라도 심어야 한다는 새마을운동은 개인 땅이 없는 젊은이가 도유지(당시에는 군유지)를 개간하는 계기가 되었다. 중장비가 없던 시절 낫으로 가시덤불을 제거하고 삽으로 일구고 괭이로 고르고 돌을 치웠다. 주위에 돌을 모아 담을 쌓고 바람을 막으며 땀으로 일구었다. 척박한 모래땅에서 거둔 소득은 땀 흘린 것에 비할 바가 못 되었다. 지금은 평평하고 잘 가꿔진 밭이지만, 중장비가 나온 후 거금을 주고 돌을 캐고 다듬고 흙을 보태어 만들어진 것이다.

1990년대 초 마을 이장을 했다. 복사기도 없던 시절에 지적도 위에 선이 보이는 반지를 붙이고 사본을 그렸다. 당시 군유지가 방대하여 개개인의 개간한 자리를 표시하는 게 여간 어렵지 않았다. 삼십 명이 넘는 이민이 점유한 자료를 갖고 군수님을 만났다. 당시 송00 군수님이셨는데 지역 실정을 말씀드리고 임대체결을 해달라고 주문했다. 임대하다 보면 불하받을 수도 있다는 희망을 안고 있었다.

자료를 보시더니 "행정에서도 무단으로 개간하여 농사짓고 있다는 걸 안다. 가난한 농민이라 규제를 하지 않고 있다. 임대료를 낸다고 해서 불하받는 데 아무 도움이 안 된다. 공개 입찰 경쟁인데 힘없는 농민이 취득한다는 보장도 없다. 행정에서 필요로 할 때까지 조용히 농사짓게 하자."는 얘기를 들으면서 돌아섰다. 그 후 무단으로 개간한다는 고발이 있어도 이를 강력히 제재하지도 않았다. 열심히 일해서 소득을 올리라는 시절이다.

우리 마을에는 군유지 대부분이 모래땅이지만, 이웃 면에는 당시 일본에서 귤나무 묘목을 몇 차 실어다 면사무소에 내려놓고 의무적으로 심으라고 행정에서 독촉했다. 개인소유의 밭, 군유지 가릴 바 아니었다. 당시에는 구시렁댔지만, 지금은 부자가 되었다. 소득증대는 개인의 노력도 했지만, 그 초창기에 이끌어낸 것은 행정이었다.

도유지 밭에 박힌 말뚝을 보면서 이제부터는 임대료를 내면서 농사를 지어야겠다는 생각으로 책임자를 만났다. 시대가 바뀌었으니 별수가 없다. 하기야 젊은 시절에 힘겹게 일구었지만, 덕분에 소득에 많은 도움도 받았다고 생각하면 감지덕지다. 책임자와 마주 앉았는데 "사전에 임대체결이 안 되고 전부터 경작했다면 5년 치를 한꺼번에 내야 합니다."라고 한다. 거액이다.

올해부터 임차하는 것으로 해 달라고 사정했지만 막무가내다. 새마을운동 당시에 구관은 땅 한 평이라도 놀리지 말고 소득과 연결이 되면 규제보다는 권장하는 편이었는데 신관은 다르다. 가시와 잡풀로 우거진 불모지를 손발이 닳도록 해서 경작지로 만들었더니, 무단 점용이라고 규제를 한다. 과태료 명분으로 5년 치 선납 후에 임차계약을 한다니 할 수가 없다. 몇 년이 지나 매각이라도 받는 희망이 있다면 못 할 것도 없지만, 아무런 혜택도 없는데 굳이 임차할 필요를 느낄 수가 없다.

그럭저럭 농사하다 그만하라면 그때 그만두는 게 낫다 싶어 돌아섰다. 주변에 같은 입장인 농민 30여 명이 있다. 행정에서 필요할 때까지 말뚝 박지 말고 편히 농사할 수 있도록 배려라도 해줬으면 좋겠다.

(제주일보 논단 게재)

경자유전 耕者有田

작년 보리 수확을 도와주던 아들이 당근을 재배해 보겠다며 밭 한 필지를 내달라고 한다. 선뜻 그러라고 대답은 했지만, 영 미덥지 않아 다짐을 받았다. "절대 부모에 의지해서는 안 된다."라고 했더니 "퇴근 후에도 하고 휴일에도 하면 충분하니 저를 믿고 주십시오." 요즘 젊은이는 하던 농사도 팽개치고 도회지로 나가는데 농사를 해 보겠다는 아들의 눈빛을 보면서 한편으로는 대견했다.

젊은 시절에는 기운은 있는데 농토가 없어 기를 제대로 펼 수가 없었다. 전 국민의 과반수가 농민이고 보니 처음부터 소작인은 타고난 운명이고 죽어라 일해도 입에 풀칠조차 하기 힘들었다. 부지런히 일하고 모아서 땅 한 평 밭뙈기라도 장만하는 게 당시에는 최고의 행복이었다. 10환짜리 지전 한 장 구경하기가 얼마나 힘들었으면 구겨진 지전을 손에 넣으면 신주 모시듯 다리미질해서 보관했을까?

1949년 7월 4일 농림신문에 농민이 잘사는 시대는 온다는 타이틀의 글이 실렸지만, 달라지는 것은 없었다. 60년대 이례로 근대화의 선두는 농업이다. 허덕이는 민생고를 뒤로하고 공업 발전이 가능하겠는가. 5·16 쿠데타 직후 미미하게 운영되던 이동조합과 농업은행을 오늘날의 농협으로 발족시키고 농업·농촌근대화의 기틀을 마련했다. 주민의 공동참여 현장마다 새마을기가 꽂히고 공직자와 마을 지도자는 늘 새마을 모자를 쓰고 다녔다.

노도와 같은 새마을운동을 잊을 수가 없다. 초가지붕이 개량되고 골목길이 넓혀지고 도로포장이 되면서 경운기 소리가 주위를 흔들었다. 드디어 배고파도 가족을 위해 슬며시 수저를 놓던 보릿고개 시절은 지나갔다. 70년대 중반 수출을 앞세운 공업의 근대화, 도시의 근대화가 시작되면서 농촌근대화는 지위가 떨어져 갔다. 허기는 면했지만, 농촌경제는 여전히 어려웠고 젊은이들은 도시로 떠났다.

농민이 재배하는 농작물은 너무나 단조로웠다. 지금은 비닐하우스에 갖가지 작물을 재배하고 당근, 무, 마늘, 양파 등 작목이 다양하고 일 년 내내 일을 하면서 수입을 올리지만, 당시에는 조, 콩, 고구마, 보리, 유채가 주 작목이고 하夏 작물 동冬 작물로 나뉘었으니 중간에 농한기라 일정한 수입이 없었다. 허리에 구덕을 동여매고 녹두를 따면서 아이들을 독려하던 시절이 어렴풋이 떠오른다.

80년대까지만 해도 휴경농지가 없었다. 한 평이라도 경작지를 넓히려고 중장비를 이용하여 암반을 제거하고 객토를 하면서 생산에 열을 올렸다. 어른이나 아이 할 것 없이 부지런히 땀 흘리면서도 모두 사는 게 그러려니 불평불만이 없던 시절이었다. 동네 사람 모두 밭에 갔는데 마을 안에서 어정대는 게 부끄러울 정도다.

마을 안에 빈집이 늘어간다. 생면부지의 사람들이 더러 채워지기도 하지만, 그래도 늘어만 간다. 빈집만 늘어가는 게 아니라 휴경농지도 따라서 늘어 간다. 우마를 경운기가 몰아내더니 트랙터가 경운기를 밀어냈다. 포장도로에 농업용 차량이 편히 다니는데도 휴경농지는 늘어만 간다. 길가에 김구장네 밭, 임대차도 거부하던 기름진 농토에 억새가 뿌리를 내리더니 꿩이 알을 낳는 묵정밭으로 변했다.

이웃 밭에 전 주인이 돌아가시기 전에는 잡초 한 포기 없이 가꾸었는데, 무슨 단체인가 맡아서 친환경으로 농사하는데 작물은 보이지 않고 잡초가 키를 넘어 씨가 사방으로 날린다. 비료, 농약 사용하지 않고 친환경으로 재배하는 건 좋지만, 김도 매지 않고 주위에 폐만 끼치는데 수익은 나느냐고 했더니 보험 등으로 보상받으면 큰 손해는 없다고 한다. 그저 매 선거철에 손뼉 치러 다니는 게 본업인가 싶다.

헌법과 농지법 규정으로 농업인과 농업법인만 농지를 소유할 수 있다는 것을 대다수 농민도 알고 있다. 국민 과반수가 농업에 종사하던 시절, 국회의원의 많은 수가 농업인과 불가분의 관계였을 당시에는 농민도 힘을 얻었다. 농업과 관계없는 국회의원이 많아지자 1996년 1월 1일 도시인도 농지를 소유할 수 있게 되었다. 2003년에는 비농업인도 주말농장, 체험농장으로 1,000m^2 미만 농지취득이 가능해졌다.

농업인은 흙을 품고 살지만, 자금 마련이 어려워 농지를 쉽게 매입할 수가 없다. 땅을 돈으로 보는 비농업인이 고가로 투기한 밭을 임차하거나 무임으로 영농을 한다. 개인소유가 아닌데 흙에 대한 투자가 덜할 수밖에 없으니 양질의 상품은 기대할 바 아니다. 개인소유 농지라야 정성으로 김도 매고 퇴비도 듬뿍 넣을 텐데 기약이 없으니 화학비료 과잉 시비로 눈앞에 소득에만 급급할 수밖에 없다. 흙은 점점 황폐해져 가고 농약 잔량을 염려하는 농산물은 소비자로부터 외면당하기에 십상이다.

비농업인은 농경지를 사들이는 데 능사다. 일 년 내내 비료 한번 만지는 일 없는데 어떻게 농업인으로 둔갑하고 거래를 하는지 기가 찰 노릇이다. 이거야말로 투자가 아닌 투기다. 주인이 쉽게 바뀌는데 특별한 제재를 받는 것 같지도 않고. 행정에서 조사는 하는가 본데 별로 달라지는 것도 없다. 농사를 연극으로 아는지 유채를 파종만 하고 수확은 하지 않는 경우도 있다. 잡초가 키를 넘어 주위의 밭으로 씨가 날리는데 피해가 이만저만이 아니다. 수해 또는 재해 등으로 보상받는 경우에는 앞줄에 서 있다.

농경지에 허가받고 건축 등 개발하는 것도 쉽게 한다. 심지어 오래전부터 다니던 맹지 진입로 통행을 막아도 맹지 주인은 하소연할 곳도 없다. 경자유전도 옛말이 되어 간다. 마을마다 바닥나기가 있다. 어느 농지가 비농업인이 투기로 매입된 땅이란 걸 안다. 기간이 지나면 바뀌는 공무원보다 지역 바닥쇠로 농지관리위원회를 구성하고 분기별 지번별 경작 확인을 맡기는 게 더 정확하지 않을까 한다.

비농업인이 상속으로 농지취득 시 농사를 짓지 않으면 2년 이내 처분해야 하고 이농인 경우에도 4년 이내 처분해야 한다. 농지를 계속 소유코자 할 때는 농어촌공사에 위탁임대를 하는데 실제 얼마나 투명하게 이루어지고 있는지 모른다. 임대 위탁된 토지가 같은 지역 농업인과 정보를 공유했다는 소식은 들은 바가 없다.

농지취득 후 비료, 농약, 출하 확인과 본인의 경작 또는 소작 확인 등으로 경자유전의 질서를 지켜갈 때 투기를 방지하면서 농촌의 휴경농지는 줄어들 것이다. 기름진 땅에서 고품질 농산물이 생산될 때 식탁은 풍성해지고 국민의 건강은 지켜질 것이다.

(제주일보 논단 게재)

제초제 치던 날

장마 하면 오뉴월인데, 입추 지나고, 처서가 지났건만 장마가 계속이다. 중머리 벗길 듯 뜨거운 태양이 용쓰는 날보다 우산 드는 날이 많다. 그렇지 않아도 하 수상한 세월인데 날씨마저 한몫 거드는가. 나 혼자 살아남기 위함이 아니라 모두를 살리기 위한 코로나19와 전쟁에서 아직도 인간이 맥을 못 추고 있다. 정치하는 사람은 승기를 금방 잡을 듯 떠들어 대지만, 입을 막고 행선지를 기록하면서 거리를 두고 생활하도록 하는데 성과를 올리면서 어쩌면 편한 정치를 즐기는지도 모르겠다.

인간 세상에는 전염병이 판을 치고, 주룩주룩 이어지는 늦은 장마에 산과 들에는 온갖 잡초가 살판이 났다. 자연 어디에도 빈 곳은 없다지만, 눈을 들어 살피는 곳마다 빈자리가 없다. 산과 들은 그렇다 치고 밭도 매한가지다. 해마다 보리재배를 하고 그 뒷그루에는 콩을 재배하는 밭이 있다. 같은 작물을 연작하다 보니 작물과 비슷한 잡초들이 터를 잡아 선택성제초제로 처리하기가 여간 어렵다.

　잎이 가느다란 작물에 잎이 넓은 잡초나 잎이 넓은 작물에 잎이 가느다란 잡초는 선별해서 제초제로 처리가 쉽지만, 그렇지 않으면 골머리를 썩여야 한다. 파종 후 잡초가 발생하지 않도록 제초제를 살포했다고 마음을 놓았다가는 낭패를 당하기 쉽다. 잡초와 머리싸움을 하기로 했다. 휴경하고 잡초가 모두 나오도록 해서 전멸을 시켜야겠다. 김매면서 구시렁대기만 하던 아내가 좋은 전략이라고 부추긴다.

　쟁기로 밭갈이하던 어려운 시절에 맹지는 문제가 되지 않았다. 쟁기 지고 가는 앞에 소는 오솔길 가에 연한 풀을 뜯으며 걸어가고 지게가 운반 수단인데 도로가 무슨 소용인가. 농사가 잘되는 맹지와 도로에 접했지만, 농사가 시원찮은 조금 큰 농지와 맞바꾸자는 친족의 부탁을 과감히 뿌리친 조상님이 밉다. 남의 밭 주인의 눈치를 보면서 영농을 해야 한다. 제때 마음대로 할 수가 없어 입구에 있는 밭을 살펴야 한다.

　조상 전을 함부로 할 수가 없다. 코 꿴 송아지 신세다. 더구나 증조 선묘까지 있다. 이보다 더한 계륵이 있을까. 슬픈 생각 할 때도 있지만, 선조가 이 자갈밭을 일궈 세대를 연명했다 싶으면 숙연해진다. 춥고 배고픈 시절 보리와 조를 재배해야 그나마 주린 배를 채우고 살아갈 수 있었다. 맨손으로 자갈밭 김매기를 하면서 닳아 손톱 한 번 자르지 않았을 어머니 모습이 아른거린다.

　칡넝쿨이 있는 비탈진 곳에 젖먹이 동생을 잠재워 눕히고 어머니는 보리를 베고 나는 우산을 들고 곁을 지켰다. 스륵 스르륵 잽싸게 스쳐 가는 뱀이 보인다. 쫓을 생각보다 어머니를 불렀다. 달려온 어머니는 젖 냄새가 나서 그런가 보다 하면서 놀란 나를 안심시키던 밭이다. 줍씨를 뿌리고 밭을 간 후에 말 키우는 사람에게 사정사정해서 단단히 밟았다. 말 떼의 뒤를 벗겨지는 고무신을 쥐고 할아버지를 따라다녔다. 초등학교 시절 어머니와 보리를 베다가 손을 베어 어머니가 정성스레 동여매 주시던 500평 남짓 맹지를 아내는 그렇게 미워하고 처분하기를 원하지만, 쉽게 결정할 수가 없다.

잡초 제거를 위해 휴경하고 60일이다. 밭에 잡초가 담을 넘었다. 그동안 작물과 제초제에 억눌렸던 울분과 기운이 용솟음쳐 보인다. 6개월이 아니고 60일인데 언제 농사했냐고 들어선 내가 아연실색할 지경이다. 잡초 위로 갈맷빛 칡넝쿨이 이불같이 덮여 장관을 이뤘는데 제초제로 제압할 수 있을지 걱정이다.

홍자색 칡꽃이 곱다. 예전에는 칡이 푸대접받지 않았다. 밭갈이하다 지친 소를 생각해서 쟁기질을 잠시 멈추고 칡넝쿨을 소 앞으로 밀어 넣으면 코를 벌름거리며 좋아했다. 밭 주변에 칡넝쿨을 남이 베어 갈까 조바심이었다. 모기 입이 비뚤어질 때쯤 북서풍 뒤 새가 터지면 새벽부터 낫 갈음질하고 지게 지고 이슬을 깨우면서 갈초 베러 잰걸음이다. 밭갈이용으로 외양간에 한두 마리 키우는 사람은 갈초를 장만할 꼴밭을 따로 마련하지 못했다.

산야에 널린 게 갈초 재료지만, 부지런한 사람이 먼저 선점하고 명인방법으로 옷가지를 깃대 위에 꽂으면 임자가 따로 있냐고 고성이 오가면서도 끝내 삼촌 조카가 되고 형님 동생이 되면서 마무리된다. 그중에 칡이 으뜸이다. 칡꽃이 지고 열매 여물기 전 갈맷빛 생생할 때 남에게 뺏길까 봐 선점하고 거둬들였다. 칡 군 지를 일반 갈초와 섞여 먹이기 위해 머리에 수건 동여매고 가시덤불 위 바닥이 평탄치 않은 곳 가리지 않고 소를 위한 정성에 온 힘을 다했다. 땀이 스민 갈초가 소를 살찌게 하고 송아지를 덤으로 낳아줬다. 덕분에 애들 책가방 들게 해 주었으니 상부상조 아닌가.

칡넝쿨에 제초제를 살포하여 뿌리까지 죽이려 하고 있다. 달짝지근한 칡뿌리 생각이 난다. 입에 넣으면 물컹거리면서 쉽게 씹히면 암칡이고 그렇지 못하면 수칡이다. 할아버지는 산중에 늙은 칡 껍질로 끈을 만들어 바닷가 터우의 닻줄로 쓰기도 했다. 아끼고 좋아했던 칡잎 위로 독한 제초제가 뿌려진다. 죽이지 않으면 내가 힘들어 하릴없이 사별이다. 저승에서는 행복하기를 비는 마음으로 자연스러운 산야에서는 더 왕성한 칡넝쿨을 볼 수 있었으면 좋겠다.

잊지 못할 선물

임인년(2022년) 6월 1일 요란한 지자체 선거를 보면서 문득 지난 나의 선거를 뒤돌아본다. 선거는 착한 사람들끼리 경쟁이 아니라 상대방을 무조건 이겨야만 살아남는 악마의 경쟁이다. 선거관리위원회의 시퍼런 감시 감독을 의식하거나 믿는 사람은 적다. 당선자에게는 어차피 배려하는 구석이 많다는 것을 모르는 이도 없다.

젊은 날에 시내에서 짧게 철학관을 운영한 경력이 있다. 전후로 여러 차례 우리 마을 선거에 출마했는데 성공하지 못했다. 지인들은 남의 사주는 보면서 어떻게 본인의 앞날은 예측 못 하느냐고 아쉬워했다. 지금도 선거를 앞두고 철학관, 용하다는 무당, 절의 스님까지 찾아다니는 후보가 없다고 할 수는 없다. 개인 대 개인의 사주를 비교하면 역학적으로 승패를 가리는 게 어렵지 않지만, 확률이 낮다.

선거는 개인 간의 경쟁이 아니라 소속, 동창 선후배, 출생지, 괸당, 참모 등 단순한 비교만으로는 승리를 쉽게 가름할 수가 없다. 열 길

물속은 알아도 한 길 사람 속은 알 길이 없다는 이야기를 절실히 느낄 수 있는 게 선거다. 우여곡절을 겪으면서 당선이 된 사람은 그간의 노고와 피곤이 한순간에 사라지지만, 패배자의 한숨과 허탈은 쉽게 치유할 수가 없다. 당사자끼리는 억지라도 손을 잡지만, 배경에 등장한 인물들에게는 오랫동안 손을 내밀 수가 없다는 걸 경험으로 안다.

종심의 나이에 선거판에 뛰어든다는 것은 거의 미친 짓이다. 정말 싫었다. 젊었을 때는 돈도 빽도 없으니 당선의 기회를 발판 삼아 더 높고 넓은 곳으로 나래를 펴고 싶은 욕심에 앞뒤 가리지 않고 의욕만으로 여러 번 나선 경험이 있다. 거듭된 실패로 접어야만 했고 세월의 흐름 속에 날아갈 곳을 모두 잃었다.

코로나19 팬데믹 시대 비상 속에서도 마을의 이장선거는 치렀다. 종용하는 이도 있었지만, 젊은 사람이 해야 한다고 하면서 사양하고 나서는 젊은이를 음식 대접까지 하면서 응원했다. 원기 왕성하게 의욕을 보이던 젊은이들은 선거관리 규정에 발목이 잡혔고 나와 동년배인 후보가 단독후보로 등록했다.

사람은 감정의 동물이라는 것을 숨길 수가 없다. 내가 선거관리위원장을 하면서 후보를 사퇴시킨 사건이 있었다. 결국 법원의 판결로 명예를 지켰지만, 어려운 과정을 겪었다. 당시 선거관리위원이면서 상대편에 유리한 행위로 이율 배반한 자가 단독후보 등록으로 무투표 당선이 코앞이다. 막무가내 후보 등록을 했다. 승패를 떠나 등록하지 않을 수가 없었다.

나이가 들면 자존심도 늙어야 하는데 버릴 수가 없다. 누가 봐도 객관적으로 이길 수 없다고 많은 사람이 걱정했다. 심지어 선거에 관여하지 말아야 하는 이장까지 기권을 종용했다. 선의의 경쟁을 부탁해야 하는데 일방적인 편파의 모습을 보이는데 불쾌하기 짝이 없었다. 오기가 발동했다. 아내의 지청구도 귀에 담지 않았다.

눈 내리는 골목길을 혼자 누볐다. 마을의 중책을 역임한 동생을 앞세우고 많은 인맥으로 몰아붙이는 상대방을 보면서 부럽기는 했지만, 지금까지 살아온 일상이 있었기에 주눅이 들지는 않았다. 시내에 거주하는 지인들도 달려와 추운 골목길을 다니며 응원해준 고마운 모습을 잊을 수가 없다. 아버지의 명예를 위해 주야장천 뛰었던 아이들 그래서 자식을 두는가 싶다.

개표 현장에는 큰아들만 보내고 집에서는 지인 몇 사람만 술잔을 기울였다. 개표발표전까지 누구도 승패에 대한 말은 하지 않고 진인사대천명 결과에 승복하자는 마음이었다. "우리는 최선을 다했으니 결과에 연연치 않고 오직 도와준 여러분들을 잊지 못할 것입니다. 모두 감사합니다. 잔을 채우십시오"

상대 후보는 개표가 끝나면 당선증을 받을 준비를 하고 문전에 대기하고 있다는 연락이다. 결과는 상상 이외 큰 표 차이로 당선이다. 잠깐 눈시울을 붉혔지만, 눈물을 보이지는 않았다. 선택해준 사람들을 위해서 열심히 노력하자는 각오로 건배를 몇 번이나 했는지 기억이 없다.

인수인계하고 좌불안석 어색한 자리에 똬리를 틀고 앉아 생소한 결재판을 펴본다. 40대에 이장을 한 경험은 있지만, 30여 년이 지난 이 행정이 많이 변했다는 걸 느꼈다. 마지막 봉사의 기회를 나에게 부여해준 이민 모두의 복지를 위해 최선을 다하자는 다짐을 했다.

선거운동 기간 내내 응원과 격려를 아끼지 않으셨던 선배님이 종이가방에 곱게 포장한 신발을 내밀면서 "그간 똑같은 신발을 신어 봤는데 너무 편해서 자네에게 선물하네! 누구에게도 신발 선물한 적 없는데 이 신발 신고 열심히 다니라고 선물하는 걸세" 산수를 넘기신 선배님이 손수 신발을 들고 찾아오셔서 손에 직접 쥐여주는데 마음이 찡했다.

선배님의 기대에 보답해야겠다는 마음을 재충전하면서 오늘도 신발 끈을 조여 신고 대문을 나선다.

장손의 생일선물

"우리 할아버지 생신을 축하합니다." 단출한 가족이지만, 식탁 주위를 5명의 손주가 둘러서서 노래를 부른다. 사춘기 묵직해가는 장손의 목소리가 있고 아직은 여린 손녀의 목소리도 있고 화음이야 어떻든 성심껏 부르는 모습에서 흐뭇함을 만끽한다.

종심의 나이, 보릿고개 겪지 않은 이 얼마나 될까, 부모님 생일날을 기억하고 노래를 불러드린 적도 없고 허구한 날 중에 하필이면 보리 수확을 한창 하는 계절에 태어난 팔자라 제대로 생일도 알지 못한 채 보냈다. 낮에 밭에서 보리 수확 돕느라 진땀을 쏟고 늦은 저녁 식탁에서 어머니가 아이고! 오늘이 생일이었구나 하시면 내심 슬픈 생각이 들기도 했는데, 오늘 모든 보상을 받는가 생각해본다.

입에 풀칠하기도 어렵던 부모님 세대를 말해서 무엇할 것인가. 나자신 어른이 되어서도 부모님 생신에 미역국이라도 잘 챙겨드렸는가 돌아보면 죄스럽기만 하다. 대리만족을 얻으려는 욕망에 자식들 닦달하고 어렵게만 했지, 생일이라고 따뜻한 음식 한 번 제대로 챙겨주지 못하고 보낸 세월이다.

정성으로 차려진 생일상 앞에서 손주들의 노래를 듣고 자녀들이 올리는 술잔을 거나하게 받는 날이 올 것으로 생각이나 했는가. 개똥밭에 굴러도 이승이라 했는데 견디다 보니 아픈 상처들도 좋은 추억으로 갈무리되고 예가 천당이 아닌가 싶다. 거나하게 취기가 오를 즈음 손주들이 할아버지를 위해 글을 지어 낭독하고 고이 접어 성심껏 준비한 선물과 함께 올리는데, 이보다 더 큰 즐거움이 있겠는가.

중학교 3학년 학생 간부로서 훌쩍 커버린 장손의 선물은 예외였다. 매년 같은 형식으로 건강하게 오래 사십시오 하는 축원과 귀여운 선물을 성심껏 내밀었는데 예년과 달리 장손의 손에는 두툼한 책 한 권이 들려있다. 가끔 책을 보는 할아버지 모습이 좋았나 보다. 세상에 수없이 많은 책 중에서 할아버지 손에 선물한 책은 데일 카네기의 자기관리론이다.

양파 수확에 인부를 독촉하면서도 병원에 간 며느리 소식에 정신을 쏟고 있었다. 이마의 땀을 연신 닦으면서도 큰 더위라는 생각도 없었다. 빨리 끝내고 병원에 가봐야 하는데 시부모 체면이 말이 아니다. '하필이면 많은 날 중에 오늘일 게 뭐람!' 일 년 농사 수확하기 위해서 며칠 전부터 인부를 어렵게 구한 상황이라 달리 방법이 없는데 산기를 늦추는 일은 더욱 방법이 없는 게 아닌가.

첫 손자가 태어났다는 소식은 오고 일은 마무리를 못 하고 손에 일이 잡히지 않는다. 20kg 망사에 모자라지 않도록 잘 넣어달라고 당부했는데 검근하고 싣는 과정에서 말썽이 생겼다. 오늘 부득이한 일이 있어 그러니 내가 손해를 감수하고 감량된 망사 수에 맞춰 총 수량에서 감하도록 배려를 부탁했지만, 막무가내다. 서두르다 오히려 생각보다 늦은 시간에 병원에 도착했는데 아비 닮은 아기가 산모 곁에 누워있다. 예정된 산일을 지나선가 새까만 머리털이 귀를 덮었다.

넉넉지 못한 주머니인데 장난감 사는 게 희망이고 소원인 장손을 만족시키는 것은 불가능이다. 마트에서 먹거리 과자를 고르노라면 언제 사라졌는가 장난감 진열대 앞에 서 있던 녀석이다. 차 안에서도 길가에 작업하는 포크레인 숫자를 세며 그렇게 좋아하던 어린애가 언제 자랐는가 할아버지 생일에 책을 선물하는 장손이다.

왜(?) 이 책을 골랐을까. 지금도 묻지를 않았지만, 앞으로도 묻지 않을 것이다. 지금까지 문학지를 주로 본다. 타인의 삶과 정신과 정서를 살피면서 이삭이라도 주우려고 하지만 점점 피곤해지는 눈 때문에 책장을 쉽게 덮는다. 손자가 준 책은 즐겨보는 문학지와 좀 다르다. 데일 카네기는 1888년 미국의 가난한 농부의 아들로 태어나 손꼽히는 선구자로서 처세, 자기관리, 화술, 리더십 등 자기 계발 분야에서 기념비적인 업적을 남겼다고 소개하고 있다.

400페이지를 넘기는 내용 때문인가 활자체가 작아 읽기가 거북하다. 손자의 성의를 생각하면서 끝까지 읽어야겠다는 생각이다. 훗날 손자가 이 책을 전부 읽을 수 없다면 요점을 표시해서 시간을 줄여주려고 나름대로 좋은 문장 밑으로 선을 그었다.

'우리는 멀리 희미하게 보이는 것을 보려 하지 말고 눈앞에 분명히 놓여있는 것을 행해야 한다.' '당연히 내일에 대해 생각해야 한다. 하지만 걱정해서는 안 된다.' '걱정을 멈추면 건강을 얻는다.' '바쁘게 사는 것이 최고의 정신질환 치료제.' '사소한 일에 신경 쓰기에는 인생이 너무 짧다.' '부당한 비판은 칭찬의 다른 모습이라는 것을 기억하라.' 책을 읽을수록 공감하고 내가 걸어온 삶을 재조명하는 계기가 되었다. 젊은 시절에 만났으면 더 좋았을 걸 하는 생각을 해본다.

　가는 여름이 아쉬운 건지 오는 겨울이 걱정인지 초가을 풀벌레 소리가 창가를 떠나지 않는다. 독서하기에 좋은 계절이다. 젊은 날 책 몇 권은 넘겼는데 오랜 추억이 되었다. 모든 정보를 손안에 쥐고 있으니 바쁜 시대 누가 책을 앉아 읽겠는가마는 그래도 올가을이 다 가기 전에 책 한 권 읽으면서 좋은 계절 보냈으면 한다.

(제주일보 논단 게재)

풍악이 울리던 날

손님이 붐비지는 않지만, 분위기와 음식이 깔끔하다는 식당에서 골프장 대표이사와 소주를 주고받으며 인생사 무게 없는 이야기에 웃음을 날린다. 사업이나 업무 얘기는 뒤로하고 직원들 앞에서는 조심해야 하는 허드레 이야기를 터놓고 할 수 있어 좋다.

우마가 아니면 밭갈이를 할 수 없던 농경사회 시절에 목야지로 활용하다가 점차 불용지로 변해갈 즈음 골프장 사업의 태풍은 여지없이 적지라며 달려들었다. 처음에는 마을 소유지는 아니라도 선대들이 담을 쌓으면서 정성으로 관리해온 땅인데 쉽게 내어줄 수가 없다고 버텼다. 결사반대에도 사탕발림은 효력이 통했다.

주민숙원사업을 해결해주고 고용 창출과 지역 농산물 판매장 등 그럴 듯 달콤한 내용을 담은 협약서에 어느 날인가 유치의 깃발을 올려 도청 앞에서 궐기대회까지 하면서 결국 소원대로 성사가 되었지만, 협약서는 제대로 이행되지 않았다. 믿음이 약해지면서 불신은 불어나기만 했다.

마을 이장이 되면서 책임자를 만나 모니터링 제도를 도입하자고 제안했고 어렵지 않게 합의했다. 이민은 누구나 사무실에 신청하면 이장의 권한을 대행하여 사업체를 파악할 수 있도록 하겠다고 선언했다. 이후 방문하고 기록하고 이를 근거로 사업자 측 관계자와 모니터링 참가자뿐 아니라 마을에 유지들이 모여 평가하는 과정을 거치면서 점차 상호 이해하고 협력하는 분위기로 변해가고 있다.

거나하게 취해 기분 좋은 농담으로 웃음의 끝이 사라지기 전이다. "옛날보다 살기는 편해졌는데, 흥이 없고 웃음도 사라져가고 행복하다는 생각이 도무지 들지를 않아요. 왼쪽 마을은 행정의 중심이고 오른쪽 마을은 경제적으로 앞서 있지만, 온통 식당 아니면 노래방 천지라 지역민들 얼굴에서 행복한 모습은 찾을 수가 없어요."

"공감입니다. 저는 연륜은 짧지만, 그래도 학생일 때 많은 친구와 겁 없이 어울리고 돌아다니고 했는데, 요즘은 학교 다녀와서 가방 던지고 학원으로, 그것도 한두 군데도 아니니 한편으론 불쌍하다는 생각이 듭니다. 사람이 친구가 아니고 컴퓨터 기계가 친구가 된 세상입니다. 어른뿐 아니라 아이들도 웃음이 귀해졌어요."

"당신 말이 맞아요. 내 손주가 여럿인데 자식들더러 공부만 하라고 닦달하지 말아라, 예전에는 공부 잘해야 길이 있었지만, 요즘 세상에는 공부든 예능이든 운동이든 어느 것 하나만 잘해도 어울려 살아가는 데 불편함이 없는 세상 아니냐고 이야기하지요."

"내가 크던 시절에 가난 때문에 공부를 접어야 했던 아픔을 자식을 통해서 대리만족을 얻으려고 별로 충족시켜 주지도 못하면서 닦달만 했던 게 지금도 후회가 되지요."

"자, 한 잔 더 합시다. 내가 왕년에 탐라문화제 민속, 걸궁 부문을 맡아 연출한 적이 있어요. 벌써 30년 전이지만, 도에서 일등하고 대표로 전국 경연대회에 두 번이나 참여했어요. 당시 같이 참여했던 어르신들은 거의 보이지 않지만, 그때보다 흥겹고 많이 웃은 적이 없어요. 이 나이 되어도 마을에 흥이 넘치는 사업을 해 보는 게 꿈입니다."

"마을의 조그만 예산으로는 턱도 없어 망설이지만, 당신네 사업체에서 도와준다면 꿈을 실현하고 싶소. 도와주시오."

"좋은 생각입니다. 저 혼자 결정할 수는 없고 본사와 논의해서 도와줄 수 있도록 최대한 노력을 하겠습니다."

"고맙습니다."

말을 맺고 나니 소주 맛이 달다. 일주일쯤 지나 연락이 왔다. 3년에 걸쳐 1억을 지원한다는 소식이다. 망설임 없이 공고문을 붙였다. 평상시 늘 머리에 그려오던 일이라 머뭇거릴 이유가 없었다.

21년 10월 '만장문화예술단'이라는 깃발을 높이 세우고 풍물반, 민요반, 댄스반 각각 20명씩 대단원으로 조직을 완료하고 창단식에 참여한 많은 사람의 박수를 받으면서 출발했다. 수소문 끝에 내로라하는 강사진을 초빙 전임토록 하여 일주일에 이틀씩 연습이다. 단원의 평균나이가 65세 이상이다. 직장이나 농사일로 바쁘고 집에 오면 쉬고 싶은 나이인데 다들 열성적이다.

"이 조직에 참여한 것은 행운입니다. 이 시간에 TV 연속극이나 보면서 울거나 웃거나 할 텐데 나와서 모든 스트레스를 날리고 늙어가면 말할 상대도 귀한데 마음껏 이야기도 나누고 얼마나 좋습니까?" 모두가 손뼉을 쳐가며 동감이다. 아직은 미숙하지만, 열심히 한다는 소식에 크고 작은 행사에 초청대상이 되었다.

많은 무대 경험이 도움이 된다는 것을 믿기에 적극적으로 추천하고 직접 나서기도 하면서 이제는 제법 한다지만, 아직도 눈에 차지는 않는다. 교육 시간에 열심히 참여하고 배우는 모습에서 머지않아 더 큰 무대에도 설 수 있다는 자신을 갖는다. 자주 잊어버린다는 것을 나이로 돌리지만, 연습 부족이라고 다그치는 내 마음이 찡하다.

우연한 인연으로 시작해서 평소의 뜻을 실현한 나를 돌아보면서 '행운아다'라는 생각이 들고 도와주신 분들을 잊지 못할 것이다. 오늘 행사에서도 처음 길트기로 풍물반이 한바탕 뒤집어 놓고, 한복에 미장원 머리로 단장한 할머니들의 민요 가락과 신나는 지루박과 블루스를 추고 내려오는 단원 한 사람 한 사람이 이렇게 대견할 수가 없다.

고령 농민과 용역

같은 지역이라 주로 재배하는 농작물이 엇비슷하다. 시일을 다투는 파종이나 식재·수확 시기에는 지역에서 일손을 구한다는 게 하늘의 별 따기다. 그래도 드물게 젊은 사람끼리 수눌음으로 고비를 넘기는 농가도 있지만, 고령인 농민은 어림도 없다. 물론 젊었을 때는 수눌음으로 인부 걱정 없고 인건비 지출 없이 노력한 것만큼 지갑을 채울 수가 있었다.

농사를 짓는 게 힘들기는 해도 더 많은 면적을 파종 또는 식재하려고 욕심을 냈다. 수확 시기에는 남보다 다수확과 좋은 품질 생산을 경쟁하면서 수익금을 얻어 가정과 자식들 편하게 하려는 욕심으로 지친 줄 모르던 시절도 있었다. 농지 1,000평이 좁게만 보이던 때도 있었는데 고령이 되고 보니, 이젠 휑한 운동장이다.

행정이나 단체·대학생과 군경 모두 어려움을 알기에 외면하지 않고 도움의 손길을 주고는 있지만, 턱없이 부족하고 계획을 세우고 맞추는 데도 쉽지 않다. 이왕 도와줄 거면 일자와 인원수만이라도 사전에 정보를 주고받았으면 하는 아쉬움이 있다. 어렵게 기회를 얻어 신세를 지면서도 자기의 부모 일처럼 열심히 돕는 봉사자를 만나기는 그리 쉽지 않다.

근래 용역업체가 늘어나는 추세는 반가운 일이다. 젊은 농민이 전업으로 하는 농장에는 별로 어렵지 않게 용역을 구할 수 있다. 하루 이틀이 아니라 여러 날 일거리가 있기 때문에 가능하다. 하지만 고령 농민은 대부분 소농이다. 하루 일거리에 용역업체가 선호할 리 없고 그렇기에 일손 구하기가 더 어려워진다.

머릿수가 수입과 직결되는 용역업자의 비위를 맞출 수밖에 없다. 숙련되지 않고 언어도 통하지 않는 외국 임시노동자도 가리지 않고 그저 사람 꼴 보는 게 아쉬워 아무 소리 못 하는 실정이다. 더구나 일행 중에 앞서가면 속도를 늦추라는 신호를 하는데 고령 농민은 젊은 날 자신이 일하던 것을 생각하면서 속이 탄다. 돈을 내주고 내 맘대로 기를 못 펴니 참 답답한 노릇이다.

젊은 날이 그립다. 농사하면서 커가는 자식들의 조그만 손도 많은 도움이 되었었다. 내 맘대로 시킬 수가 있었다. 하지만 제 가정을 꾸리고 살아가는 자식들에게 도움을 청한다는 게 용역을 구하는 것보다 편하지 않다. 하필 농번기는 왜 같이 겹치는 것인가. 내가 바쁠 때면 자식들도 바쁘다고 엄살이다. 손자들만이라도 어렸을 때부터 손에 흙을 묻히는 교육을 하려 해도 무슨 학원이 그리 많고 숙제가 많은지 어림도 없다.

부모가 자식에게 일손을 내밀지 않을 수 있다면 서로가 행복하다는 것을 모르지는 않지만, 많든 적든 평생 일구어온 농지를 팽개치기는 어렵다. 그렇다고 임대로 주는 것도 마음이 내키지 않는다. 농지 관리는 몇 개월만 게을리해도 원상태로 돌리는 데 수년이 걸릴 수도 있다. 김을 매지 않으면 잡초가 자리 잡아 임야로 돌변하는 게 순식간이다. 그 꼴을 어찌 손을 놓고 볼 것인가.

선대에는 유채, 보리, 고구마를 주로 생산하고 수확한 후 출하 시기에는, 돌이키건대 농협 공판장에 쌓아 놓고 그늘에 모여 농사에 관한 얘기뿐 아니라 세상사 돌아가는 이야기를 하면서 밀짚모자를 부채 삼아 땀을 식히던 시절도 있었다. 마늘, 양파. 당근, 무, 감귤 등 경제작물로 작부체계가 바뀌고 기계로 영농하면서 농촌이 바뀌었다. 씨를 뿌리고 거두는 게 아니라 일일이 손으로 심고 뽑고 따고 세심한 선별과 저울질, 그러니 일손이 귀할 수밖에 없다. 비닐하우스까지 늘어나는 추세이다.

파종 시기와 수확 시기가 한데 겹치는 농가의 현실을 생각하면 일손에 대한 과제를 해결하는 것은 결코 쉬운 일이 아니다. 근래 고령 농민들은 일손 구하기가 힘들고 일당을 감당하기 어려워 예전에 짓던 보리와 콩 재배로 회귀하는 추세이다. 비료, 농약, 인건비가 농민 경제를 좌지우지하는데 모두 인상되고 농산물 가격은 제자리인 현실을 보면서 그래도 녹두 따면서도 아이들 책가방 멜 수 있었던 시절이 고맙다는 생각이 들곤 한다.

농산물 유통시장을 장악하는 것은 중간 상인이다. 농사는 농민이 짓고 돈은 밭떼기 상인 몫이라는 것을 뻔히 알면서도 방법이 없다. 농어업 인력난 해소 특별법 제정안 국회 본회의 통과로 고질적인 인력난 문제가 해소될 수 있는 기반이 마련되었다고 하는 기쁜 소식을 접한다. 기대하는 바가 크다.

전국 농산물 유통시장은 일선 농협이 큰 영향력을 가져야 한다. 신용사업도 중요하지만, 농민의 권익을 위해서 경제사업에 올인할 것을 주문한다. 계통출하 하는 농민을 위한 용역을 제공하고 비용을 대납하여 정산 후에 수금하는 것도 생각해 볼 일이다. 고령 농민뿐 아니라 전 농민의 14%에 불과한 젊은 농민들도 마음 놓고 일할 수 있는 기반을 마련하는 일, 우리 모두 관심을 가졌으면 좋겠다.

퇴직 해녀의 연금수당

산수의 해녀가 물질하다가 사고를 당했다는 보도를 접할 때마다 가슴이 내려앉는다. 본인 스스로 체력이 전과 다르다는 것을 알고 자녀들도 그만두기를 바라는데 굳이 바다에 들어 사고를 당하고 주위를 슬프게 할까. 참으로 안타까울 따름이다.

지난 시절과 비교하면 너무나 풍족한 환경에서 많은 것을 누리며 산다는 걸 모르는 이가 없다. 그러나 결코 예전보다 행복하다고 느끼지는 않는다. 당시에 고령 해녀의 손은 테왁 대신에 아기 구덕에 걸쳐있었고, 젊은 며느리가 테왁을 이어받아 바다 가운데 있었다. 바다는 늘 젊고 활기로 넘쳤다. 언제부턴가 바닷가 초가삼간은 시멘트에 밀려 사라졌고 아기 구덕도 함께 사라졌다. 바다에는 해녀 노래 사라진 지 이미 오래되었다. 등 굽고 주름진 늙은이들 몫이다.

경로당 지어놓고 편히 쉬고 즐기라고 하지만, 젊을 때 즐겨봐야 즐길 줄 알지 늘 반복되는 일상에 움직일 수만 있다면 테왁을 벗함만 못해 절뚝이면서도 바다로 가는 길이 오히려 즐거운 할머니 해녀다. 바다가 직장이고 휴식처이고 즐거움이 있어 해녀는 바다에서 주름살이 늘지 않는다. 어찌 자녀들이 말리고 행정에서 퇴직하라 종용한다고 쉽게 그만둘까.

오랜만에 찾아오는 손자의 고사리손에 지폐 한 장 쥐여주는 맛에 산다. 지폐 색깔에 따라 할머니 부르는 소리가 다르다. 오늘도 바다에 가는 이유다. 물론 집 안에 혼자 있는 것보다 나이 어린 해녀들의 싱싱한 소리가 있는 탈의장이 훨씬 좋고 얕은 할망 바다에서 소득은 별로지만, 누구의 도움 없이 스스로 노력해서 떳떳하게 손에 쥐는 소득의 만족감을 누가 알 것인가.

시집가기 전까지는 가정의 경제를 위해서 살았다. 오빠와 남동생을 위해 책가방 한 번 들어보지 못하고 숨비소리에 약이 나오고 연필이 나오고 옷이 나왔다. 딸은 공부시킬 필요 없고 착한 남편 만나 시집이나 가면 된다는 당시 고리타분한 부모님 생각은 개인적이기보다 사회의 분위기였다. 어찌 딸이라고 공부를 시키고 싶지 않았을까마는 경제가 원인이었다.

딸들은 고생이라 하지 않고 숙명으로 여겼다. 우리 딸은 절대 해녀질 안 시키겠다고 학교에 보낸 딸도 중학생이 되면 우뭇가사리나 미역 채취하는 날에는 조퇴하고 총총걸음으로 바삐 교문을 향해 달려갔다. 그러나 이러한 딸은 복 받은 딸이다. 부러운 눈으로 교문을 바라볼 뿐 운동장을 밟지 못한 여자가 더 많았다.

시집갈 혼수를 마련하기 위해서 물설고 낯선 육지로 바깥 물질을 갔다. 목돈을 마련하기 위해서다. 춘 3월에 갔다가 추석이 가까워지면 귀향하는데 육지 총각과 눈이 맞아 귀향을 포기하고 눌러앉아 현지 해녀가 되기도 했는데, 육지 곳곳에는 아직도 해녀 일을 하는 고령 해녀가 되었거나 맥을 이어가는 전설이 되었다. 관광 중에 바닷가에서 이들을 만나면 '나 땅 까마귀'라 반가운 마음이 들기도 했다.

1960년대까지는 물질 잘하는 처녀가 최고의 신붓감이었다. 당시해녀 수가 23,000명이 넘었는데 1986년 통계를 보면 6,627명으로 급감한다. 2022년도는 겨우 3,000명대를 유지하고 있지만, 머지않아전설이 될 것만 같다. 이는 교육 수준의 향상과 힘든 해녀 질을 전승시키지 않겠다는 해녀 어머니의 소망이고 결실이다.

불턱이 있던 자리를 보면서 회상할 때가 있다. 북풍을 겨우 가림막한다고 엉성하게 주위에서 주워다 쌓은 돌담 아래 야트막한 조그만자리에 각자 조금씩 가져온 짚으로 불을 피우고 연기를 마셔가며 소중이 밑에 허벅지를 불그스레 쬐고 있던 모습이 보인다. 한쪽에서는뚜데기에 감싸 안고 온 아기에게 젖을 물리고 있다. 파랗게 구운 미역귀 또는 소라를 얻어먹고 아기를 되받아 가는 모습은 일상이었다.

1970년대 급속하게 도입된 고무 잠수복은 그간 여름에는 2~3시간겨울에는 30분 수심 5m~10m 이내에서 소중이 입고 물질하던 것을5시간 이상 작업과 수심이 깊어 지면서 어획량은 5배 이상으로 소득에는 많은 도움을 줬지만, 자원고갈과 부력 방지를 위한 납덩이 착용으로 요통腰痛에 시달리게 되었다.

긴 작업시간과 수심 깊이 잠수로 인하여 위장병과 청각장애를 얻었다. 잠수복 안 배설물로 피부병까지 얻어 해녀 경력에 따라 복용하는 약방울 수가 늘어만 간다. 배운 게 잠수 일이고 숨비소리 횟수에따라 가정경제에 도움이 된다는 일념으로 죽을병이 아니면 바다에테왁을 띄운다. 유네스코 문화유산이라고 떠들고 사진 찍고 낭만을 노래하고 강하다고 하는 사람들은 설움과 희생을 생각이나 할까.

75세 이상 고령 해녀가 은퇴하면 5년간 50만 원씩 수당을 지급하는 행정에 무한한 고마움을 느낀다. 그간 가정뿐 아니라 지역경제에 헌신한 노고를 기리고 안전을 위해서 이제는 쉬시기를 독려하는 마음에서 결정한 배려라고 본다. 그러나 고령 해녀지만 금채기가 풀리면 너무나 익숙하고 개인 밭 구석이나 다름없는 소라와 천초 바닷속을 꿈속에서도 잠수하면서 좀처럼 잊을 수가 없다. 돈이 문제가 아니다.

100세 시대에 걸맞게 5년간의 수당이 아니라 10년 수당으로 경제적 안정과 바다로 향하는 마음을 쉼터로 향하도록 도와드리는 배려가 절대적으로 필요하다고 생각한다. 유네스코 문화유산으로서 어버이날에 조그만 선물이라도 드리고 위로를 했으면 좋겠다.

제5부

바다 건너 저편에

에너지 선진지 견학

2010년도부터 신·재생 에너지라는 생소한 말이 떠돌아다녔다. 우리 마을에 나돌기 시작한 것은 2013년도이고, 한발 앞서 시작한 것은 이웃 마을이었다. 엄청나게 높은 기둥 위에서 돌아가는 프로펠러는 보기만 해도 위협적이다. 멀리서는 낭만적으로 보일 수도 있다. 하지만 가까이 가면 소리만 들어도 겁이 난다. 이런 괴물이 마을에 세워지는 것을 반기는 사람은 없다. 물론 세우는 쪽에서는 왜 필요한지 역설하지만, 쉽게 받아들이려 하지는 않는다.

궁여지책으로 선진지 견학이라는 것을 내어놓게 되었고, 나는 대상자 3명 중에 끼었다. 이웃 마을에서 선임된 분과 관계 공무원 모두 15명과 함께 일본에 가게 되었다. 출발하는 날이 성탄절이다. 겨울답지 않게 따뜻한 날씨였다. 화이트 성탄절을 꿈꾸는 사람들에게는 조금 실망스러운 날이다. 오후 5시 반에 제주국제공항 3층 대한항공 국제선 계산대에 집결했다.

어둠이 깔린 대한해협을 2시간 정도 편안히 비행하고 오사카에 있는 간사이국제공항에 안착할 수가 있었다. 4박 5일의 일정 중에서 그렇게 1박을 했다. 조금은 시끄럽고 1인 1실의 조그만 방이었으며 물은 야속하게 반병도 없다. 주위에는 마땅한 구경거리도 먹거리도 시원치 않다. 조금은 삼류 냄새가 나는 간사히 베스트 웨스턴이라는 호텔이다.

오는 날 1박하고 가는 날 1박 하게끔 예약된 호텔이다. 어찌 됐든 모처럼 만났고 방에 있는 TV에서는 일본방송이라 일본어를 모르고, 그림만 보는 것 같아 재미도 없었다. 공무원을 제외한 일행들은 한방에 모였다. 가지고 간 플라스틱 1홉짜리 한라산 소주를 주고받으며, 선진국의 앞선 신·재생 에너지 시설을 잘 보고 가자면서 잔을 주고받았다.

언젠가는 화석 연료가 고갈될 것에 대비해야 한다. 화석 연료가 지구의 온난화의 주범이며 이로 인한 매연과 각종 오염에서 벗어나려면 신·재생에너지를 개발해야 한다. 비록 지금은 화석 에너지보다 경제적 효율성은 떨어지지만, 영원히 고갈되지 않을 태양과 해양, 바람을 이용하는 재생 에너지를 얻으려는 기술과 노력은 계속될 것이다. 이것을 모르는 사람은 없다. 다만, 우리 마을에 설치되었을 때 생활에 미치는 불편함이 없는지에 대해 탐색하려고 견학을 온 것이다.

2일째인 26일 아침 6시 반경 호텔식 뷔페로 식사를 했다. 공식 방문지인 아와지시로 가는데 비가 주룩주룩 내렸다. 버스는 일행이 불편하지 않을 정도의 평범한 중형이다. 우리나라와 다른 것은 운전대가 우리와는 반대쪽에 있다. 자연히 좌측통행이다. 아와지시에 도착해서 태양광을 시찰하려 할 때는 빗줄기가 점점 굵어갔다. 부득이 잘 보이는 시청 별관에서 브리핑하는 형식으로 진행했다.

아와지시는 인구 4만 명쯤 되는 별로 크지 않은 중소도시였다. 고베 지진의 진원지이기도 하다. 태양광 시설은 시청 주변이고 연평균 기온은 섭씨 15~17도이며, 겨울도 온화한 기후였다. 하루 일조시간이 평균 6시간(제주는 4.5시간)으로 좋은 조건을 가지고 있었다. 설비용량은 1,000㎾였으며, 연간 기대 발전량은 약 110만㎾h 일반가정 약 300세대분의 사용 효과라고 했다. 주로 시청 사무소와 방재, 정화, 조명 시설에 사용되고 있었다.

우리나라는 한전이라는 공사에서 총괄 취급하지만, 일본은 전기 공사가 여러 곳이고 공사마다 생산하고 제각각 판매하고 있었다. 태양광판 청소는 자연에 의존하고 있었다. 수익은 20년으로 추정하고 10년 후 매년 1% 이상 감소를 예상할 뿐 정확성은 없어 보였다. 농민들이 휴경농지를 이용 설치하고 전기를 생산 판매를 하며 판매가는 ㎾당 42엔이라고 한다. 솔라 판(태양광) 사업 확장이 수익의 관건이었다.

다음은 풍력을 이용하는 아와지시로 향했다. 비는 오락가락 시찰하기에는 썩 좋은 날씨가 아니지만, 시찰하면서 조금이라도 얻고 가려고 마음을 다잡는다. 그리 멀지는 않았지만, 풍력 시설은 산등성이에(해발 118~226m) 흩어져 있었다. 주변은 산림이고 민가는 떨어져 있다. 규모는 2500㎾ 15기였다. 이는 일반가정 12,000세대 분이며 시의 전 세대 2/3이다. 블레이드(날개) 길이는 45m, 무게는 8.5t이며 재질은 배를 만드는 FRP이다. 날개와 날개 끝은 88m 날개 끝과 기둥 포함 지면까지는 120m였다. 수익 중 일부를 지역에 환원하지 않느냐고 물었더니, 전혀 없다고 한다.

다카마쓰로 약 1시간 정도 이동 글리멘트 다카마쓰 호텔에서 숙박했다. 전날보다는 고급스럽다. 2인 1실이지만 여기도 물은 사 먹어야 했다. 3일째와 4일째는 문화탐방을 했다. 오염으로 주민들이 떠나 버린 곳을 활용, 문화와 예술의 공간으로 바꿔 놓았다. 관광지화한 나오시마와 베넷세 하우스 지중에 있는 미술관을 돌아보고 아리마에서 온천욕을 했다. 단지 조그만 수건 한 장뿐 아무것도 제공하지 않는다. 우리나라 온천을 생각했다가는 오산이다.

오사카성을 돌아보고 밤에는 상점 번화가도 볼 수가 있었다. 명동보다 넘쳐나는 인파다. 일본 제2의 도시인 오오사카다. 이리 많은 인파를 아침에는 볼 수가 없었다. 거리에 운동하는 사람도 없고, 차의 경적도 울리지 않는다. 아침에는 유령들이 사는 도시 같다는 생각이 든다.

우리 주변 가까이에 시신을 화장한 후 모시는 시설을 갖춘다는 것은 생각도 할 수가 없지만, 일본은 민가에 붙어 있는 절 비슷한 건물은 화장 후 단지를 모시고 관리하는 곳이었다. 점심때 맥주 한잔을 시켰는데 850엔이다. 우리 돈 8,500원 맥주 한 병이면 16,000원도 넘는다. 문화의 차이라 하지만, 아무래도 식당에서 이것저것 모자라면 요구하면서 먹을 수 있는 우리나라가 좋다.

일본의 신·재생 시찰은 결론적으로 별로 얻은 게 없다. 일본 업자들은 필요한 토지를 먼저 매입을 하고 허가를 받는 것과는 달리, 작은 자본으로 출발하려는 우리 업자들이 문제였다. 토지 매입할 자본이 없어 마을 공유지 또는 도유지 임차를 한다. 적게 주려는 업자와 많이 달라는 주민과의 차이가 생기고 잡음이 생긴다.

우리나라도 신·재생 에너지 선진국이 되어야 한다. 업자들이 사업

할 수 있도록 도와주고, 업자들은 수익을 환원하여 상생할 수 있어야 한다. 객관적으로 신임할 수 있는 기구를 설치하는 일이 바람직하다는 생각을 해본다.

오오사카에 가다

　벚꽃이 만개한 따스한 봄날 대문을 나섰다. 오후 세 시에 일본으로 출발하는 비행기 시간에 맞춰야 한다. 같이 가는 친구에게 준비되었냐고 전화했더니 금방 라면 그릇 비웠다고 한다. 때마침 약속된 콜택시가 시간에 맞춰 문간에 선다. 가방 들고 나서는 3박 4일 여행이 처음도 아닌데 뭔가 잊은 게 있나 뒤 돌아보게 한다.

　공항까지는 40분 정도 걸린다. 일행들을 생각해서 여유 있게 출발했다. 십 분 정도 달리고 있었다. 친구와 여행하면서 기대되는 이야기를 하는 중에 순간적으로 '쿵' 하는 소리와 함께 몸이 한쪽으로 쏠리고 택시가 기울면서 급정지다. 뒤에 달려오던 화물차가 차로를 바꾸면서 우리가 타고 있는 차의 운전석과 충돌한 것이다. 차는 많이 상했는데 사람은 멀쩡하다. 3박 4일 동안 무사히 여행을 마치고 오라는 신의 가호였다는 생각이 든다.

　간사이공항까지 약 두 시간 비행하면서 덜컹거리는 일 한번 없는 화창한 날이다. 일행으로는 여성 두 분과 남성 아홉 분이다. 제주시 수산업 협동조합이 탄생한 지 100년 되는 해 처음으로 지난 총회의 승인을 거쳐 해외 선진지 견학을 온 것이다. 갑론을박 토론 끝에 우리 조합의 소라를 수입하는 일본으로 정해졌고, 그중 관서지방인 오사카, 교토, 고베를 돌아보기로 했다.

첫날 숙박은 간사이 이즈미사노 호텔이다. 두 사람이 한 방을 사용했다. 저녁 식사 후 내가 묵는 방에서 술판이 벌어졌다. 여행하면서 얌전히 자는 사람 몇이나 될까? 그래도 화폐가치 여유 있는 동남아 여행지에서는 밖에 나가서 좋은 일 나쁜 일 구경도 하지만, 고물가 일본에서는 함부로 할 수가 없다. 더구나 여성분들도 섞여 있어 한결 정숙한 여행이다.

TV를 켜도 재미가 없으니 좋은 핑계거리로 화투를 친다. 잃은 사람은 본전 찾으려고 밤만 되면 다시 하자고 성화인데 돈을 딴 사람은 여유와 거드름이다. 차 안에서도 무용담 자랑하느라 졸리지도 않는가 보다.

숙소에 냉장고는 있어도 물 한 모금이 없다. 플라스틱병에 든 술과 음료수를 준비하고 간 것은 정말 잘한 일이다. 한국 일반식당에서 김치는 부담 없이 먹을 수 있지만, 젓가락 서너 번 집으면 바닥나는 한 접시에 우리 돈 1,300원이다. 그래도 김치 있는 식당이 고맙다.

혼자 호텔 사우나를 찾았다. 말이 통하지 않고 일행도 없으니 관리인과 손짓, 발짓으로 교감을 했다. 수건을 방에서 가지고 와야 한다는 직원의 요구를 알아듣는 것도 쉽지 않았다. 탕 안에는 피부색이 다른 사람들이 앉거나 서서 샴푸와 비누질하는 모습 따뜻한 물속에서 지그시 눈을 감고 있는 사람, 우리 동네 사우나탕의 모습과 다르지 않다. 밖에 나와 거울 앞에 서니 화장품이 하나도 없다. 방에도 녹차, 홍차 한 포씩과 포트 병만 있고 기본화장품도 없다. 너무나 야박한 나라라는 생각이 든다.

우체국에 근무한 적이 있었다. 일본에서 교포들이 헌 옷을 소포로 많이 보내온 곳이 오사카였다. 지금은 우리도 새 옷을 입는 처지라 그런 일은 없지만, 당시 소포를 보내주던 1세·2세 교포들은 거의 세상을 떠났다. 일찍 일본으로 간 교포들은 제주의 고유한 언어를 간직하고 있었다. 일률적으로 국어책에서 표준어를 공부한 세대들은 제주 언어를 잃어버렸다. 순수한 제주 언어를 발췌하려는 사람들이 많이 찾는 곳이 오사카였는데 하는 아쉬움이 든다.

일본 사람들이 제일 많이 사용하는 말이 스미마셍(미안합니다.) 이다. 발을 밟은 사람도 미안하고 내 발이 거기 있어 미안하고 역시 조금은 우리와 다르다. 큰소리 내는 사람도 없고, 튀려는 사람도 없다. 초고령화 사회를 실감할 수 있었다. 힘들지 않은 자리에는 어르신들이 일하는데 정장을 하고 있다. 우리 일행을 태운 버스 기사분도 나이가 지긋했다. 경제가 잘 풀려 일손이 모자란 관계로 젊은이들이 직장을 가려가면서 정하는 데 반해, 비정규직 직장도 구하기 힘들어하는 우리 젊은이들을 생각하면 속이 쓰리다.

장군이 쓰던 별장이 유언에 따라 사찰로 바뀐 3층 건물을 2층과 3층에 옻칠을 한 위에 금박을 입혀서 금각사라 불리는 곳과 연간 참배객이 300만이 넘는다는 청수사(기요마즈데라)를 둘러보았다. 조경이 조금 색다르지만, 우리의 유명사찰이나 보길도 윤선도가 만든 세한정과 비교해서 별로 정감이 들지 않았다. 장사 잘하는 민족의 아이디어인지는 모르지만, 청수사 한편에 지붕 따라 세 갈래로 물이 떨어지도록 해서 각각 건강, 명예, 돈과 연결 지어 희망대로 받아먹도록 했다. 길게 늘어선 틈에 끼어 어렵게 얻은 기회 세 군데 물을 모두 마시고 내려왔다.

오사카성이 여행에서 남을 백미였다. 일본을 통일한 도요토미 히데요시가 장수들이 경쟁하면서 큰 돌을 가져오도록 하고 흩어진 민심을 얻고자 쌓은 성이다. 2차 대전 때 육군본부로 사용했다는데 지금은 관광객이 넘친다. 진시황이 만리장성 쌓아 중국경제에 이바지하고 도요토미 히데요시도 성을 쌓아 일본경제에 이바지했는데 당시에 쓰러져간 사람들 영혼이 보이는 듯하다. 우리의 영웅 이순신 장군과 동시대 영웅으로 왜란을 일으킨 자라는 데 조금은 거부감이 든다.

잘 산다는 나라에 와서 그냥 갈 수가 없다. 물건값이 비싸니 아무것도 사 오지 말라고 했지만, 가이드 안내 따라 매장에 갔다. 역시 고가품들이다. 얼마나 우리말을 잘하는지 처음에는 우리나라에서 간 점원으로 오해할 정도이다. 물건을 살피다가 역시 여자는 화장품이라는 생각에 아내는 도저히 살 수 없는 가격을 치르고 샀다. 의약품 몇 가지를 더했을 뿐인데 거금이다.

가격을 나름대로 줄여서 선물을 내보였다. 비싼 것을 샀다고 눈꼬리를 흘기지만, 얼른 받아 들고 화장대로 가는 아내를 보면서 그래도 빈손으로 오지 않은 것을 다행으로 여기며 가방을 정리했다.

그간 임원회의 하면서 의견 충돌도 있었고 조그만 다툼도 있었다. 선진지 견학하면서 여행지, 호텔, 버스 안에서 웃음으로 화해하고 서로 마음을 보듬게 된 것이 큰 보람으로 남는다. 더구나 외국에 섭섭했던 마음들을 던져놓고 온 게 좋고, 좋은 화장품 향기를 품고 옆에 누운 아내도 좋다.

종말

바다는 심하게 오염된 물도 받아들여 정화해 왔다. 우리에게 바다가 어머니라는 위대한 의미를 간직하게 하는 이유다. 하지만 정화하기 위해서는 적잖은 고통이 동반되어야 한다. 어촌에 거주하는 사람들의 진통 또한 만만치 않다.

며칠 전, 하수종말처리장을 견학한다는 통지를 받았다. 바쁜 일정 묶어두고 참여했다. 그 후 머릿속은 온통 '종말'이라는 단어로 채워졌다.

450억 원이 훨씬 넘는 예산으로 제주 동부하수처리장 확장공사 계획이 세워진 지 1년여가 넘었다. 주민의 반발로 시작도 못 하고 있다. 여러 차례 회의 끝에 찬성 반대를 떠나 현장을 먼저 견학하자는 안이 실행에 옮겨진 것이다.

행정에서는 감지덕지 설득시킬 호기라 생각하고 차량과 음료 등 서비스에 열을 올린다. 하수처리장 위치가 한 마을에만 관련된 게 아니라 마을 간 경계라 한쪽 마을에서 결사반대한다고 목청을 돋우면,

한쪽 마을에서도 덩달아 또 다른 반대를 외치며 하늘 향해 주먹을 쥔다.

그동안 겉으로만 바라보던 건물 안으로 안내되었다. 견학을 환영한다는 인사에 뒤이어 정화과정을 설명하면서 금붕어도 살 수 있는 깨끗한 물이 바다로 보내지고 있으니 안심하라고 다독이는 소리로 마무리한다. 그러나 진정으로 받아들이는 사람은 없는 듯하다.

사람들은 곱게 화장하거나 심지어는 성형으로 위장한다. 그래선지 하수종말처리장 건물도 청기와로 말끔히 치장하고 있다.

내부로 들어섰더니 고정된 냄새처럼 하수 향이 똬리를 틀고 앉아 비킬 줄을 모른다. 처음 당하는 이들에게는 나쁘지 않다는 생각을 각인시키려고 도수를 높이지만, 늘 느끼는 사람들에게는 부드럽고 약하게 다가서는 걸까, 양돈장 곁 밭을 드나들 때마다 처음엔 코를 막지만 조금 지나면 편해진다는 걸 경험으로 알기 때문이다.

집안 경제의 한 축을 바다에 의존하는 해녀의 애절한 하소연이 주위를 숙연하게 한다. 아무리 정화를 철저히 한다고 하지만 하수종말처리장 근처 물속은 흐린 시야로 지척을 분간하기도 어렵다. 그뿐인가, 바다가 정화를 한다고 하나 밀물에 섞여 전체로 퍼지는 하수는 해녀들의 삶의 터전을 더 넓게 오염시킨다. 백화현상은 늘고 청정해역일 때 자라던 고장초 등은 이미 자취를 감췄다. 더 이상의 증설을 반대한다는 이유다.

오염은 고령화되는 해녀에게 더 멀리 더 깊은 바다로 등 떠미는 고통을 안겨 줄 뿐이다. 옛날 고분고분 순응하기만 하던 해녀가 아니다. 떳떳이 할 말을 하는 그들의 변한 모습에서 환한 미래를 보는 듯하여 기쁘다.

설명하는 관계자는 공무원으로서의 긍지와 책임, 전문가의 자부심까지 겸비했다는 것은 인정한다. 하지만 듣는 사람의 수준을 생각하는 데는 턱없이 부족하다는 걸 동시에 느꼈다. 그 자리에 화학 용어가 무슨 필요가 있나. 산소요구량, 질소 총량, 인 총량이 아니라 하루에 구좌읍과 조천읍에서 발생하는 하수가 5t 트럭으로 몇 대 분이고, 냄새와 각종 오염물질은 어떤 방식으로 해서 정화를 거쳐, 바다로 가는 방류수는 몇 대 분입니다. 하면 못 알아듣는 이가 없을 것을….

바다로 보내는 방류수를 한 번 더 정화 처리해서 주위 농가에 농업용수로 쓸 수 있도록 도움을 주고 있다는 이야기가 귀에 거슬려 곱게 들리지 않는다. 이는 반대하는 사람들을 달래기 위한 의도적 술책으로밖에 들리지 않는다. 농업용수로 쓸 만큼 정화를 했으니 필요한 농가에서는 사용해도 좋다는 자신 있는 말을 듣고 싶은 것이다.

하수를 어떻게든 처리해야 한다는 데 반대할 사람은 없다. 반대는 우리 마을만은 안 된다는 님비현상일 수도 있다. 결국, 무능한 행정이라는 질타를 피하는 방법으로 수용하는 마을에 사업도 주고 돈도 주며 어르고 달래서 성사시켜 왔다. 예전에도 그랬고 앞으로도 그렇게 하려고 할 것이다. 수용을 반대하는 쪽에서도 뚜렷한 이유를 체계화하기보다 반대 목소리를 높여 이왕 수용할 바에는 밥값이라도 톡톡히 받아내자는 게 내면 깊이 깔린 계산이 아닐까.

주민의 반대에 부딪혀 국책사업도 쉽게 진행 못 하는 허물만 좋은 민주국가가 된 지 오래다. 물론 민의를 함부로 할 수는 없다. 행정하는 사람은 절충 능력과 과제에 따른 설명을 매끄럽게 해야 할 것 같다.

선량들은 민심을 살피겠다고 출마할 때는 목청을 돋우지만, 정작 필요할 때는 얼굴을 드러내지 않는다. 화장실에 갈 때 걸음걸이와 나올 때 걸음걸이가 다르다는데, 시행할 때 보이던 모습은 준공과 함께 사라진다. 일시적으로 달래고 꼬드길 게 아니라 선출해 준 고마움을 잊지 않는 마음이 필요하다. 각종 지원 대상에서 우선시해 줘야 한다.

바다에 오염물질을 방류했으면 그 바다에서 생업으로 목숨을 건 힘없는 계층의 사람들을 생각해야 한다. 생산물 판매에 힘을 모아 주고 장려금이나 보상도 필요하다. 사후관리를 철저히 할 때 님비현상이 조금이나마 해소되리라 믿는다.

땅속에 묻히는 것도 끝내 바다로 스며든다. 바다가 땅보다 작지 않은 게 얼마나 다행인가, 하지만 바다가 넓고 포용력으로 정화한다고 하나 농도에 따라 해산물은 죽거나 이사 가거나 멸종에까지 이르게 된다.

바다 환경에 따라 우리 미래의 삶도 변한다. 육지의 오염을 더는 받아주지 못할 때 종말도 가까워질 것이다. 풍성한 식탁, 휴식의 공간을 제공해 주는 바다가 더 오염되는 일은 없었으면 한다.

(제주일보 논단 게재)

바다 건너 저편에

딸과 세 살배기 손자의 사진을 바라보며 찻잔이 식는 줄도 모르고 한참을 멍하니 보고 있다. 희망에 들떠있는 임인년 새해 정월 초사흘 새벽 4시 청승맞은 촌로의 모습이다. 일주일 전에 산남에 사는 딸이 잠든 아기를 안고 남편과 함께 차를 타고 집에 왔다. 이는 종종 있는 일이라 다니러 왔구나 생각하고 마음을 쓰지는 않았다.

"남편이 고향으로 예전부터 전출 희망을 했는데, 이번에 가게 되었습니다."

언젠가는 올 일이라 예측은 했지만, 막상 듣게 되니 잘됐다 하는 소리가 입안에서는 맴도는 데 내보낼 수가 없다. 마음 한쪽이 휑하니 비워지는 느낌이다. 어차피 언젠가는 떠나야 하는 입장이고 보내야 하는 입장인 걸 알고 있었으면서, 종심의 나이인데 이를 시원하게 축하해 주지 못하는 내가 밉다.

어른들의 얘기와 아랑곳없이 천진난만 늘 천사의 미소를 짓는 세 살배기 손자를 안아본다. 음력으로는 11월 3일생이라 겨우 두 달 만에 두 살이 되었다. 조산이라 무척 걱정했는데 현대의술은 걱정을 덜어주었고 마당에서 혼자 공을 차고 노는 건강한 아이로 커가는 게 무엇보다 큰 선물이다.

아들 둘의 손주 모두 귀엽고 건강하게 성장하는 모습에서 살아온 보람을 느끼고 어느 손주를 특정해서 편애하지는 않는다. 세 살배기한테 관심이 더 가는 것은 어리기도 하지만, 너무나 많은 고통을 겪으며 어렵게 얻은 과정을 잊지 못하기 때문이다. 위로 둘 실패하고 얼마나 노심초사했던가. 여행지에서 소원을 적어 매어놓는 나뭇가지에 '딸의 임신'이라고 몰래 가슴으로 적어 매달기도 했다. 전철을 밟을까 하여 임신 사실도 부모에게까지 숨기고 있다가 진행되고 나서야 알려주었다.

더구나 두 번째는 6개월이 지났으니 절차에 따라 화장을 하고 사위와 함께 천사들이 가는 계단을 올라 곱게 보내고 내려왔다. 뒤에 오는 사위의 흐느끼는 소리에 가슴이 미어졌지만, 마침 내리는 함박눈을 얼굴을 들어 눈으로 넣으면서

"그래! 용기를 잃지 마라. 좋은 날이 올 거야"

사위를 달래던 날이 엊그제 같다.

시어머니가 장손이 태어났다고 기뻐서 다니는 절의 스님께 이름을 받아왔다고 들고 왔다. 웬만하면 맞장구를 쳐 드려야 하는데 그렇지 않다. 글자를 보고 판단하는 게 아니라 사주를 보고 지어야 한다. 넘치는 것은 조금 모자람만 못하다는 게 동양철학의 중용이다. '사주에 따라 넘치면 감해주고 부족하면 채워줘야 한다.'라는 것이 철학관을 운영하며 얻은 경험칙이다.

사돈께 도리는 아니지만, 정성껏 이름을 지었다. 약한 사주를 보강해서 오행으로 정은 몸체가 금金이라 생生은 토土가 되니 'ㅇ'과 'ㅎ' 글자의 필요에 따라 정하윤鄭厦允이라 지어놓고 조금은 어색했지만, 사위에게 설명하고 사돈을 설득해서 정했다. 내가 지어놓고 엉겁결에 가끔은 임하윤이라고 부를 때도 있다. "그래! 우리 집에 올 때는 임하윤이라 하고 사돈네 가면 정하윤이라고 하자." 사위와 딸이 웃는다.

결혼식을 사위 고향에서 하게 되어 육지까지 일가가 출동했다. 딸의 손목을 잡고 사위에게 넘겨주러 가는 발걸음은 서툴렀고 결혼식 내내 엉뚱한 곳을 보느라 애를 먹었다. 도망치듯 비행기 시간을 핑계로 폐백 자리를 나오면서도 뒤따라 내려온다는 걸 알기에 이번에 떠난다는 소리보다는 파장이 크지는 않았다.

아들이야 어차피 곁에 있고 죽어서도 한 울타리에 묻히겠지만, 하나뿐인 딸이 바다 건너 저편에서 지금까지 경험해보지 않은 별의별 일을 겪을 걸 생각하니 벌써 걱정이 앞을 선다. 물론 내 생전에 오고 가기는 하겠지만, 같은 지역에 살 때와 달리 오고 싶을 때, 가고 싶을 때 맘대로 할 수 없고 나 또한 그리할 수 없을 것을 생각하니 섭섭하기도 하고 눈가에 물기가 어린다.

과학 문명의 혜택으로 손안에서 멀리 있는 딸의 목소리도 들을 수 있고 손자의 커가는 모습도 볼 수는 있겠지만, 어찌 눈앞에서 보는 것과 같겠는가. 눈에서 멀어지면 마음에서도 멀어진다고 했는데 이를 어찌할까. 아내도 안쓰러운지 손자를 안고

"조금 더 크고 가면 안 되냐."는 물음에 남편의 마음은 이미 고향에 가 있다고 답한다. 고향 떠나 공부하고 결혼해서 자식 낳고 직장 얻

었으니 금의환향은 아니라 해도 어머니와 형제가 있는 집을 그리워하고 가고 싶은 게 인지상정이다.

보내자! 그립기는 하되 슬퍼하지는 말자. 사위가 험지나 다름없는 곳에서 아내와 자식을 잘 보살펴 주리라 굳게 믿는다.

"아버지 아무 걱정도 하지 마라. 하윤이와 매일매일 행복하고 재미있게 살고 있어. 남편도 시어머니와 형제들 모두 마음 편하게 도와주고 아무 걱정 없으니 아버지 건강하게 잘 지내야 해!"

생전에는 딸이라고 했다. 큰 부담 없이 잘 자라주었고 집안이 어려울 때 아버지의 짐을 덜어준 딸이다.

"수능 시험장에 갈 때 일찍 가야 해 늦게 가면 선생님인 줄 알아." 딸의 목소리를 어찌 잊을까. 이제 겨우 아빠 엄마 말을 떼는 손주를 보내야 하는 날이 다가온다. 1월 1일 새벽 전 가족에게 메시지를 보냈다. 하윤이네 가기 전에 가족사진 찍는 날 정해서 모이도록 하라는 엄명을 내렸다.

'바다 건너 저편에 있어도 행복해야 한다. 내 곁에 늘 딸이 있고 너의 곁에는 늘 내가 있다는 걸 잊지 마라.'

만장굴 탐사

무더위가 사그라져 가는 구월 하순 초입인데, 태양이 피운 숯불의 여력은 남아 이마를 땀으로 훔치면서 걸었다. 고사리 꺾는 철에도 발길이 뜸한 잡동사니 나무와 칡과 억새 등으로 얽히고설킨 길에 들어섰다. 그래도 세계자연유산 축제 기간에 다른 길로 빠지지 않게 조그만 오솔길을 내서 우리를 인도한다.

"복용하는 약이 있습니까? 고소공포증은 없습니까?" 세계자연유산 마을 본부에 근무한다는 여직원이 묻는 말에 "나이가 들면 복용하는 약이 없는 사람 몇이나 되나요. 혈압 당뇨약은 상시 복용하지만, 고소공포증은 심하지는 않은데 그건 왜 물어요?"

"이번에 행사 차원에서 만장굴 탐사를 하려고 합니다. 참가하는 데 지장은 없는지 해서요."

정해진 날짜에 소집장소에 갔더니 세계자연유산 일곱 개 마을 대표가 와 있었고, 탐사대장 지도교수와 관련자들이 모여 부지런히 준비하고 있었다. 탐사코스는 제3 입구에서 시작 제1 입구로 나오게 되어 있다. 역으로 하면 좋을 텐데 제3 입구는 높이 25m 이상 하늘로 구멍이 뚫린 곳이라 밧줄 타고 오르기가 어렵다. 방법은 내려가는 것이다. 군 생활하던 젊은 시절 유격훈련을 하면서 줄을 타고 후들거리며 절벽을 타고 내리던 생각이 났다.

발을 들고 위만 보라는 교수의 말을 의식하면서 출발했는데, 나름대로 어느 정도 다 내려왔거니 밑을 본 게 잘못이다. 밑이 천 길이고 먼저 내린 사람들도 멀리 보이는데 아차 하는 순간에 허공을 휘저으며 다리가 떨리고 있다. 하늘만 보며 내린 바닥이 이렇게 반가울 수가 없다. 사고 없이 내린 일행과 기념사진을 찍고 드디어 출발이다.

만장굴의 관람 허가 구간은 약 1km 정도이다. 총길이가 7.4km지만, 학술적으로 보존해야 하는 이유가 있기 때문이다. 만장굴의 전체 구간을 걷는다는 게 두 번 다시 없는 좋은 기회라는 걸 알기에 부득불 참여했다. 손전등 불빛에 박쥐가 보이고 처음으로 대하는 굴의 모습이 경이롭다.

내가 사는 지역에 있지만, 만장굴의 속살을 내다보는 것은 처음이다. 관광객들처럼 제2 구간으로 들어와서 개방된 구간만 두어 번 다녀갔다. 육지부에 있는 이름있는 굴을 보기 전에는 그래도 지역에 있는 만장굴을 자랑할 수 있었는데, 여러 종유석 굴의 아기자기한 굴을 본 이후에는 그저 용암동굴로서 세계의 자랑거리라는 생각으로 위안을 삼았다.

초창기에는 굴속의 많은 암반 사이를 걷기가 힘들어 입구에서 고무신으로 갈아신고 관광객을 몇 팀으로 나누어 안내원 배정을 하고 가면서 안전과 많은 스토리텔링을 함께 하면서 관광했다. 안전을 위해서 말끔히 암반을 치운 굴속, 더구나 전깃불이 희미하게나마 비춰주는 굴속에는 안내원의 구수한 스토리텔링도 없고 구두를 신고도 다닐 수 있는 환경이다.

육지부에서 종유굴을 구경했던 관광객이, 계속 걸어도 같은 모습에 싫증을 느끼고 중간에 되돌아 나온다는 얘기를 들으면서 나도 모르게 동감한 적이 있다. 이번에 전체를 보지 않고 부분만 본 것으로 마감했다면 얼마나 후회할 뻔했을까? 만장굴은 지금까지 내가 알고 있던 굴이 아니었다. 지금까지 구경했던 굴 중에는 중국에서 일부 구간은 배를 타야 하는 곳도 다녀왔지만, 이들과도 비교할 바 아니다.

섭씨 1,000도가 넘는 뜨거운 용암이 흐르면서 상부는 식어 암반이 되었지만, 내부는 차례로 식어 많은 곳은 4개의 층을 이루기도 하고 곳곳에 절벽이 형성되기도 했다. 그동안 연구원들의 많은 발걸음 가운데도 아직 발길이 닿지 않은 곳도 많다는 설명이다. 층마다 기온이 달라 박쥐 서식처도 종에 따라 다르다고 한다. 박쥐 사체 뼈가 있는 곳을 조심히 넘으면서 험한 탐사 길을 더듬었다.

얼마나 걸었을까? 험한 길이라서 허기도 일찍 오는가 보다. 헬멧 전등과 보조 손전등 밑에서 준비한 김밥으로 허기를 채웠다. 교수가 모든 불빛을 지우고 평평한 자리를 골라 누우라고 한다. 진정한 암흑을 느끼면서 걸어온 삶을 음미해 보자는데 짧지만, 많은 생각이 스쳐 지나갔다. 오르고 내리고 편하지 않은 탐사 길을 걸으며 맨 처음 탐험 당시 기록을 음미해 본다.

1946년 김녕초등학교에 부임한 부종휴 선생님이 5학년을 담임하면서 시작되는 탐험기는 6학년도 계속 맡으면서 '꼬마탐험대' 30명을 결성 횃불 조, 유류 담당 조, 기록 조를 편성하고 천신만고 3차 도전 끝에 전 구간 탐험과 1947년 2월 24일 만쟁이거멀 이라고 예전부터 불리어 온 유래에서 일만 (만)萬 어른 (장)丈자를 따서 만장굴이라 명명했다.

최초 진입했던 제1 입구는 미로 공원 서편에 눈에 잘 띄지 않는 곳에 있다. 암반이 무너져 내리면서 입구를 형성했는데 오가는 데 편하지는 않다. 입구에 부종휴 선생과 꼬마탐험대 기록이 조그맣게 새겨 있었는데 그야말로 초라한 모습이다. 지금 신고 있는 신발은 튼튼하고 안전한 신발이지만, 더듬거릴 때는 불안한 데 당시 초신(짚신)을 신고 허리춤에 또 한 켤레 묶고 어두운 길을 처음 걸었던 어르신들이 너무나 존경스럽다.

세계자연유산의 중추적 동굴이며 대한민국 천연동굴 중에 맨 처음 문화재로 등재된 만장굴을 수만 년의 지하에서 지상에 알려 세계의 보물로 알려지도록 노력한 꼬마탐험대는 영원한 이 지역의 영웅이다. 망백望百의 나이를 지나 몇 분 안 계신 데 탐험 이야기는 영원히 전설로 이어졌으면 좋겠다.

칠순

언제부터였을까. 초저녁잠이 많아지고 밤에 눈을 비비며 두 번 이 상 화장실 출입한 지 꽤 되었다. 가족이 잠든 새벽에 눈을 뜨기 십상 인데 이후로는 괭이잠이다. 시력이 예전 같지 않아선지 눈물이 많아 진 것 같다. 아내의 잔소리에 눈 부릅뜨던 날도 있었는데 대꾸하기도 싫고 방 따로 한 지 꽤 되었는데 그리로 피신하는 게 상책이라는 것 을 안다.

제비 새끼처럼 재잘거리던 자식들이 둥지를 떠나고 휑하니 남은 두 부처 백발서린 모습에서 옛 모습을 그려보지만, 색이 너무 바래서 찾기 힘들다. '정열에 사로잡힌 젊은 시절엔 몸으로 사랑하고 자식들 이 떠난 후에도 여전히 사랑하는 부부는 영혼으로 만난 사람들이다.' 라고 했는데 영혼보다는 운명이 아닌가 싶다.

한 시간에 한 번 지날까 말까 하는 버스 운행 시간이 끝난 지도 오랜 눈 덮인 신작로 자갈길 4km를 긴 머리가 엉덩이까지 내려 철렁이는 예쁜 처녀의 손을 내 외투 주머니 속에 꼭 잡아넣고 걸었다. 별로 영양가 없는 말을 주고받으며 바래다주고 "잘자, 안녕"하고 되돌아오는 길은 갈 때보다 얼마나 멀었는지 모른다. 나에게도 이런 로맨스가 있었다는 게 지금 생각하면 내가 겪은 게 아니라 남의 이야기를 듣는 것만 같다.

집 떠난 자식들 전화 한번 없다고 투덜대면서 "내가 먼저 하지 않으면 먼저 전화할 줄을 몰라." 하며 전화번호를 더듬거리며 누르고는 손자라도 받으면 언제 그랬냐는 듯 "아이고 내 새끼! 밥은 먹었냐? 학교는 잘 갔다 왔고?" 매번 같은 얘기 손자들과 대화하고는 진작 자식은 바꾸지도 않고 끊기 십상이다. 아내는 남편바라기에서 자식바라기로 변하더니 급기야 손자 바라기로 변해버렸다. 손자들한테 하는 것같이 내게 반만 하면 아내가 좀 더 예뻐 보일 듯도 한데. 칠순의 푸념이다.

칠순을 예로부터 드물다는 뜻으로 고희古稀라고 했는데 이는 2000년대 이전까지이고 2020년도 한국인의 평균수명은 OECD 국가 중 5위로서 남자 80세 여자 86세라고 한다. 좋은 영양을 섭취함으로써 병도 많이 얻었지만, 의료기술의 발달로 수명이 훨씬 늘어났다. 이제 칠순은 노인이라는 개념에서 벗어나 능력에 맞는 사회·경제활동 일선에서 보람 있는 삶을 위해 할 일을 찾아야 할 나이다.

평균수명이 늘었다 하나 칠순 되기 전에 유명을 달리하는 삶도 얼마나 많은가. 칠순 이후 삶에 늘 감사함을 잊지 말아야 한다. 늙어가는 게 아니라 익어가는 것이라 여기면서 세월 속에 후회하고 울고픈 사연들도 좋은 추억으로 차분히 갈무리할 나이가 칠순인가 싶다. 아름다운 노년은 예술작품이라고 하는데 지팡이 짚기 전에 비행기 시간표를 살피고 싶다.

"칠순을 축하합니다. 한평생 가족을 향한 당신의 사랑과 헌신으로 우리 가족 모두가 지금 이 자리에 있습니다. 그 크신 사랑에 보답할 수 있도록 오래오래 함께해 주세요. 사랑합니다." 아내 칠순 생일날 마루 가운데 걸린 내용이다. 나는 코로나19와 전쟁통에 도둑고양이처럼 칠순 생일을 보냈는데 아내 칠순 생일은 모두 마스크를 벗고 손자들의 축가 속에, 케이크에 촛불을 불면서 야단법석이다.

집 안 가득 고기 굽는 냄새가 진동하고 식당에서 가족만 조용히 치르자고 했는데 우리 두 부처도 모르게 일가친척 동네 가까운 사람들에게 연락하여 북새통을 이루었다. 눈치채지 못해 어리둥절하기는 했지만, 자식 된 도리를 다하려는 효심이 어찌 고맙지 않겠는가. 뭐니 뭐니 해도 자식 농사가 최고라 했는데 흐뭇하게 보낸 하루였다.

손자들이 차례로 따라주는 술잔을 연거푸 마시면서도 좀체 취하지 않고 안 보는 척 즐거워하는 아내의 웃는 모습을 훔쳐보았다. 매끈하게 살지 못하고 덕지덕지 기워입은 삶을 내세울 것 없는 남편 체면 세우느라 고운 얼굴 칠순이라 새삼 쳐다보니 세월의 훈장인가 이마에는 주름살이, 머리에는 흰 눈이 살포시 내린 모습에서 죄인이 된 듯하다. 마음속에서는 젖은 손이 애처로워 살며시 잡아본 순간 거칠어진 손마디가 너무나도 안타깝다는 노래를 부르고 있었다.

며칠 전 문지방을 넘다 쓰러져서 살려달라는 소리에 방문을 차고 나갔다. 신발 벗는 공간에 쓰러진 아내를 겨우 부축해서 침대에 앉히고 물 한 컵 가지러 가는데 쓰러지더니 의식을 잃는다. 그동안 무릎

수술받은 것 외에는 입원 한번 한 적 없는 건강한 몸이다. 엉겁결에, 무릎에 머리를 올리고 응급에 대한 지식도 없는지라 무조건 온몸을 주무르면서 말을 걸었다. 119를 부를까 생각하는데 의식을 찾았고 물을 마시더니 정신이 드는 것 같았다.

옆구리에 파스로 도배하고 침과 주사 물리치료를 받는 아내를 보면서 칠순이라는 게 결코 안심할 나이가 아니라는 생각이 든다. 젊고 동작이 둔하지 않았으면 피할 수 있는 사고라는 것과 죽음도 멀리 있지 않다는 생각이 든다. 지금 내 나이에 혼자될 수도 있다는 생각만 해도 아찔하다.

100세 시대 누구나 장수하고 싶겠지만, 누군가에게 짐이 된다면 얼마나 슬픈 일인가? 구구 팔팔 이 삼사 누구나 원하는 삶이지만 이런 운명은 소수의 사람만 선택받는다는 사실을 부인할 수가 없다. 칠순이 지나면서 나도 모르게 아침에 눈을 뜨면 마음으로 천지신명님! 조상님! 오늘도 건강하게 눈을 뜨게 해줘서 고맙습니다. 하는 습관이 생겼다.

복지사회

마을회관 마당 한편에 이동병원 차량이 정차해 있고 주민들이 길게 늘어섰다. 매년 봄가을에 걸쳐 국민 건강보험 대상자들의 검진을 받는 모습이다. 물론 젊은 사람도 간간이 보이지만, 대부분 노령층이다. 능력 있는 사람들은 시내병원으로 가서 무료로 검진받는 기본종목 이외로 의심되는 부분을 샅샅이 검진받는 사람들이 더 많다.

우리나라가 선진국 대열에 끼고 많은 복지혜택을 받을 수 있다는 게 더없이 자랑스럽다. 60년대는 길거리에서 거지를 만나는 게 흔했다. 우리 가족 입에 풀칠도 어려운데 밥 먹는 시간을 어떻게 아는지 숟가락 몇 번 뜨기도 전에 부엌 앞에 동냥 깡통을 내미는 거지가 그렇게 미울 수가 없었다.

교실마다 학생이 가득해도 여학생은 많지 않았다. 어려운 형편으로 아들은 학교에 보내고 딸은 집안일을 도와야 했다. 특히 첫딸은 집안의 밑천이라고 하던 시절이다. 어머니가 해녀인 가정에서는 딸도 그 대를 이었다. 딸의 손에 책가방을 쥐여주기 시작한 지는 그리 오래된 일이 아니다. 이제는 대를 이을 해녀(도) 찾기가 힘들어졌다.

생활이 고달프다고 탄식하면서 안주 없이 퍼마신 독주 때문에 동네 어르신들이 간장염으로 백발이 되기 전에 유명을 달리하면서도 병원 문턱을 쳐다볼 뿐 들어설 수도 없었다. 병명을 제대로 알고 죽으면 덜 원통이나 하지, 무슨 병인지 어떻게 구완해야 하는지도 모르고 떠난 영혼은 헤아릴 수도 없다.

1970년대까지 닳고 해진 교복을 물려받아 입고 찢어진 교과서를 얻을 수 있는 것도 행복이었다. 당시에, 우체국에서 임시직으로 우편을 맡은 적이 있다. 태극기가 그려진 우표 한 장에 7원 하던 시절인데 통신수단이 편지뿐이라 밀리는 업무에 애를 먹었지만, 더 애를 먹이는 것은 당시 일본에서 밀려드는 옷가지 소포였다.

길을 가다 보면 입던 옷을 수집하는 도구에 넘치도록 쌓인 옷가지를 볼 수가 있다. 선별해서 불우이웃 또는 빈민국에 보내지고 있을 것이다. 일본에서 보내어 오는 소포에는 새 옷 두어 벌 빼고는 모두가 그런 옷이었지만, 입고 활보하는 모습이 얼마나 부러웠는지 모른다. 입던 옷이 몸에 맞지는 않지만 버리기도 아까워서 이웃에 건네주면 머리를 조아리며 고맙다고 하던 때가 엊그제 같은데 이제 버릴 수는 있어도 줄 수가 없는 시대가 되었다.

며칠 전에 119 소방 파출소에서 의용소방대장 이취임식에 참석할 기회가 있었다. 복장에서 계급장까지 내가 젊었을 때 활동하던 모습과는 판이했다. 역시 선진국 모습은 달랐다. 당시에는 초가집이 주를 이루고 굴묵 때는 문화 더구나 우마로 경운하던 시절이라 울안에 사료용 갈초 눌 더미가 지붕 높이로 쌓여 화재가 잦았다. 학교에서 화재 예방 포스터 내용을 걸어 시상하던 그 시절에 의용소방대원들은 진압하는 도구도 변변치 않아 애를 많이 먹었다.

정치인들이 초등학생 반장선거보다도 못한 정쟁으로 매스컴을 채워간다. 그러나 그들이 복지사회도 꾸려간다. "내가 당선되면 모든 걸 전부 해결하겠습니다." 공중에 뜬 공약이니 100% 믿는 유권자도 없지만, 그런 가운데 몇 가지는 이뤄지고 점차 성장하게 된다는 게 고맙기는 하다.

농수축산물을 수입한다는 뉴스가 뜨면 관련 농어민의 반대하는 궐기대회가 지축을 흔드는데 창문을 빼꼼히 열고 구경하면서 그래도 저렴한 가격에 구할 수 있다고 좋아하는 계층도 있다. 경제의 뒷받침 없는 복지사회는 존재할 수가 없다. 전 국민이 행복이 넘치는 사회, 한데 어울려 잘 먹고 잘사는 사회를 위해서는 생산자나 소비자 희생 없이는 불가능할 수밖에 없다.

기업가들이 농수축산물을 저가로 수입하는 조건으로 생산품을 고가로 팔아 수익금의 일부를 세금으로 납부하고 그 재원으로 국민의 삶의 질을 높여간다는 사실에 기쁘게 응원하는 것이 복지사회를 함께 만들어 가는 것이라 믿어본다. 춥고 배고픈 긴 터널을 빠져나온 것은 축복이라 생각하면서도 아직도 복지 선진국인 서구를 제외하고라도 일본은 GDP 대비 16.9% 복지비를 지출하는 데 비해 우리나라는 6.1%라는 게 갈 길이 멀다고 느끼게 한다.

고지서가 밀려서 방문했는데 경제적 어려움으로 유명을 달리한 가족, 며칠씩 결석했는데 형식적 가정방문으로 결국 떠나보낸 아이, 폭행 신고를 받고 출동했는데 연기에 속아 돌아서고, 혼자 사는 노인은 언제 돌아가셨는지도 모르고, 쓰레기통에 갓난아기를 버리고 돌아서서 가는 미혼모는 과연 눈물이 없었을까, 손수레에 폐지 신고 오르막 오르는 노인네 모습, 한 끼를 해결하기 위해 노숙인이 늘어선 행렬도 있다.

가난은 나라님도 구제할 수가 없다는 말은 복지사회 훨씬 이전 얘기다. 질병, 장애, 노화의 신체적 문제뿐 아니라 실업, 재해, 빈곤 등 경제적 문제를 포함 국민의 생존권 보존을 국가가 보호할 책임이 있다는 게 헌법에 명시된 내용이라면 인간답게 살 권리를 요구할 수 있어야 한다.

1980년대 헌법에서 처음 등장한 사회복지가 다른 선진국에 비하면 늦게 출발하고 많은 역경이 있었지만, 이만큼이라도 우리는 축복받은 복지사회에 살고 있다는 걸 감사하게 생각한다. 복지사회가 영속되기 위해서는 고령사회로 정형외과가 넘쳐나는 것보다 산부인과가 부족하다는 뉴스가 연일 보도되었으면 좋겠다.

천년으로 가는 길에

모교의 100년사를 더듬어 정리하고 출간한다는데 나이를 불문하고 영광을 함께 하지 않을 사람 있을쏜가. 먼저 때 묻고 지워진 역사를 찾아 동분서주하는 집필진과 책 출판을 위해 산고를 겪은 관련자 모두에게 진심 어린 박수를 보냅니다.

국적은 바꿀 수 있지만, 동창은 바꿀 수 없듯이 100년사 책자를 받아 펴면서 동창들과 함께 운동장을 뛰어놀던 모습과 동심 어린 얼굴, 어떻게 어디에서 살고 있나 궁금해하기도 하고 먼저 떠나보낸 아쉬움에 안타까워하기도 하고 잊힌 이름을 더듬어 보는 시간도 있을 것입니다. 그러한 모습들이 눈에 보이는 듯합니다. 정말 큰일 해냈습니다. 우리 모두 당신들을 기억할 것입니다.

저는 36회 졸업생입니다. 100년사의 자랑스러운 책자를 받아 보지 못하고 유명을 달리한 선배님들 많은데 책자를 펴보게 된 것은 영광이고 축복받을 일입니다. 옛날 한 옛날의 이야기는 아니지만, 그래도 코 흘리며 다니던 시절을 적어본다는 게 쑥스럽고 지금 학교에 다니는 손자들이 이해할까 하면서도 100년사 흐름 속에 묻어온 이야기를 하려고 합니다.

1923년 9월 1일 개교 당시에는 보통학교였고 1926년에는 심상소학교 1941년도에는 국민학교였으니 저는 국민학교에 다녔습니다. 일제강점기 잔재 청산으로 민족정기를 바로 세우기 위해 1996년 3월 1일부터 초등학교로 명칭이 변경된 것은 너무나 당연한 일이지만, 지금도 국민학교라는 명칭에 정감이 갑니다.

우리 마을의 교육 역사를 돌아보면 다른 마을과는 비교할 바 아닙니다. 서기 1300년 고려 26대 충렬왕 때 제주도에 16개 현촌이 설치될 때 구좌읍 지역에서는 유일하게 설치되었고, 조선 초기에 지금의 청년회관 자리에는 김녕 정사라는 학교가 있었다는 기록으로 보아 김녕의 교육 연원은 매우 깊다 할 것이며, 문자를 일찍 접할 수 있었던 마을이라 할 수 있습니다.

저가 학교에 입학하기 전의 마을의 모습은 거의 지워지고 희미하지만, 좁은 골목마다 아이들이 득실거리고 걸음마 하는 사내는 똥오줌 처리가 수월한 바지 밑을 도려낸 옷을 입고 아장거렸으며, 6·25 한국전쟁의 흔적이 남아있어 동냥 다니는 거지도 볼 수 있었습니다. 한글을 모르는 어머니가 아궁이에 불을 때면서 초가집 줄 자투리로 만든 방석에 아들을 앉혀놓고 일주일 앞으로 다가온 국민학교 입학에 앞서 하나에서 열까지 세는 방법을 가르쳤습니다.

왼쪽 가슴에 손수건을 달고 천방지축 8살의 꼬마는 고무신을 신고 선생님을 두려운 눈으로 보고 있었습니다. 처음 보는 또래들을 만난다는 게 그리 신기할 수가 없었습니다. 무궁화반 진달래반으로 나뉘고 선생님을 따라 들어서는 교실이 낯설고 칠판도 처음으로 마주했습니다. 이때까지는 책과 싸워야 하고, 숙제해야 하는 운명을 깨닫기 전입니다.

3학년 때 사라호 태풍이 추석을 앞두고 초가지붕을 날리고 학교 기와지붕도 날렸습니다. 교무실 앞 늙은 느티나무도 뿌리를 하늘로 향해 드러누웠습니다. 학생들도 뿔뿔이 학년별로 공부할 자리를 마련하는 데 애를 먹었습니다. 책걸상 없이 엎드려 글을 써야 했지만, 자연 속에서의 공부도 좋았습니다.

5학년 5월 16일 혁명이 났다고 하는데 학교는 별다른 변화는 없었습니다. 철이 없을 때라 혁명이 무엇인지 관심은 없었지만, 혁명 공약을 암기하라는 지시가 있었는지 학생들이 달달 외우도록 강요당하고 외우지 못하면 귀가를 늦추는 바람에 혼이 났습니다.

밭농사가 주류인 곳이라 쌀 구경은 너무나 힘든 시대였습니다. 제사·명절 때가 아니면 쌀밥 구경하는 일은 하늘의 별 따기였고, 잔칫집에서도 사발 위에만 쌀밥이고 밑에는 보리밥이었습니다. 소풍 때 쌀이 조금 섞인 반지기 밥은 우상이고 도시락도 없어 사발에 김치도 양반으로 아예 점심을 거르는 동창도 있었습니다.

속옷과 머리할 것 없이 이가 부글거렸고 입에 풀칠이 어려운 시절이라 외국에서 보내준 우윳가루를 받고 먹는 방법을 몰라 책장 찢어 오므려서 밑에 구멍을 내고 목 안으로 넣으면 캑캑거리지만, 맛 때문에 즐길 수밖에 없었고 때로는 강냉이 가루가 보급되면 어머니와 빵을 만들어 먹는데 그렇게 맛있을 수가 없었습니다.

형에게 물려받은 옷에 감지덕지했고, 교과서도 물려받으면 그리 고마웠습니다. 돌탑을 쌓고 만든 미끄럼틀은 상급생 독차지로 쉬는 시간 끝나 상급생들이 교실로 몰려갈 때 재빨리 한 번 타고 교실로 뛰어가던 생각을 하면 지금도 서럽습니다. 학용품이 어렵던 시절 재일교포가 보내준 연필 지우개를 매월 치르는 일제고사 성적에 따라 나눠주는데, 이를 얻기 위해 시험 때만 공부하던 생각도 납니다.

모든 어려움도 지나놓고 보면 귀한 추억으로 남는데 이런저런 이야기를 나누어야 할 동창들은 100세 시대라고는 하는데 무엇이 급해 먼저 떠나갔는지 안타깝습니다. 마을의 구심체가 초등학교이고 마음의 텃밭인데 책걸상이 모자라 바닥까지 우글거리고 시끌벅적하던 학교가 학생 수 100명으로 초라해 가는 모습을 지켜보며 안쓰럽기만 합니다.

미래 천년을 위해 새롭게 도약하는 김녕 초등학교 100년사를 다함께 축복합시다. 우리 후배님들 법고창신法古創新의 정신으로 더욱 정진하고 훌륭한 나라의 일꾼으로 또한 각 요소에 꼭 필요한 인재로 성공하기를 기원합니다.

제6부

멜 후리는 노래

가을 색

귀뚜라미가 애타도록 부르더니 9월이 헐레벌떡 창 앞에 선다.

8월 마지막 주에 조상의 묘지를 정성으로 벌초할 때만 해도 무더워 닭똥 같은 땀방울로 온몸을 적셨더니 하루하루가 다르게 기온이 달라진다.

9월이 갓 시작되어 양지와 음지 온도 차를 느끼게 되는 오후, 가을 색으로 변해가는 태양이 담장 위에 누렇게 익어가는 호박 위에서 정오를 즐긴다. 역시 가을은 태양 빛에서 시작되고 있다. 가을을 색깔로 표현한다면 어떤 색이어야 할까? 대추, 고추가 익어가는 계절이니 빨간색? 아니면 머루나 포도색? 어쩌면 억새, 메밀꽃이 하얀색을 부르기 전에는 농부들 땀으로 고개 숙인 벼의 황금색을 아무래도 가을 색으로 해야 할 것 같다.

안개라고 진하게 써 놓고 지우개로 살짝 지운 색같이 연하고 풍요와 넓은 아량으로 충만한 계절인 것만은 느낄 수 있다. 가을 색을 궁리하다 문득 인생과 연관을 지어 본다. 자라나는 어린이와 청소년을 파란 봄과 같다면, 청·장년은 열정적인 빨간 여름일 것이다. 그렇다면 환갑을 보낸 사람들의 몫은 가을일 수밖에 없다.

내 나이가 이쯤에 들었으니 가을 이야기를 해야겠다. 그러고 보니 씨앗에서 성장하여 열매 맺고 갈무리하는 계절과 너무나 닮았다. 식물은 수분이 모자라는 가을이 되면 모든 것들을 정리하고 곱게 단장하여 마무리할 준비를 한다. 나는 아직도 버리지 못하고 오히려 더 채우려고 하지 않나 하고 돌아본다. 그래도 젊은 날 느끼지 못했던 것들이 보이는 것은 정말 다행이고 주위를 타이를 수 있어 보람을 느낀다.

그 무엇보다 내가 하고 싶었던 일, 되고 싶었으나 이루지 못한 꿈을 자식을 통해서 대리만족을 얻으려고 착하기만 한 자식들을 닦달해 온 것이 제일 괴롭다. 불쌍한 어머님께 효도 못 한 일 순종하는 착한 아내의 존재를 고마워하지 못했다. 잘한 것은 내 탓 못한 것은 네 탓이라고 칭찬과 고마움 없이 많은 타박을 일삼으면서 남자란 이유만으로 군림해 온 세월이 후회된다.

봄에 심은 호박 모종이 자라 지붕 위에 가을 색으로 단장해 네 덩이나 달렸다. 오늘 탐스러운 호박을 따냈다. 골이 깊게 파여 울퉁불퉁하니 정말 맛있게 생겼다. 뚝 하고 호박을 따면서도 키워 준 덩굴에 무심한 것은 나를 키워 준 또한 아내를 키워 준 모든 분에게 무심한 것과 무관하지 않다는 걸 느끼면서 혼자 입속으로 흥얼거려 본다.

뚝!

호박이 어미에게서

눈물을 속으로 감추고

하고 싶은 너무나 많은 이야기

목이 메어 못하고 이별하는 소리

상처 없이 자랄 수 있는 자리 고르려고

너무나 많은 고생으로 뻗고 뻗어 온 날들

태풍과 비바람에 다칠세라 붙들고

더위에 그을릴까 넓은 잎으로 덮어 키운 정성

눈물이 보일까 봐 이별은 짧아야만 했다.

겉으론 웃음 머금은 가을 색

깊고 슬픈 사연 가슴 깊이

고마움 후손들에 전하기 위해

덩이마다 많은 사연 씨로 품었다.

　계절 중에 제일 짧게 느껴지는 게 가을인가 싶다. 조석으로 옷깃 여미기 시작하면 눈 속에 덮어야 하는 때가 올 텐데, 그래서 더욱 초조해지고 다급해지는 마음이 아직도 갈무리보다는 욕망을 버리지 못한 데서 오는 게 아닌가. 세월은 나이가 마력수가 되어 속도를 낸다는 게 실감이 간다. 크고 아름다운 날개의 욕심으로 날지 못하는 공작이나 까치 배 바닥처럼 하얀 소리 하는 일 없도록 하고, 잘난 척하지 말아야지.

배려하고 겸손하며 교만하지 말고 비굴하지도 말자고 감나무 잎을 타고 내려 마당을 가득 채우는 가을 색을 보면서 다짐해 본다.

나라 말씀이

일 년 열두 달인데 올해는 애쑥이 청초한 3월과 보리 익어 가는 내음이 간들바람 따라 들판을 채우는 4월까지 두 달을 마스크와 전쟁하면서 보내고 있다. 일 년이 열 달 뿐이라는 생각이다. 이대로 마무리된다면 그래도 천만다행이라는 생각을 온 세계인이 한마음으로 기원하고 있다. 그중에는 올해 초등학교에 입학하는 손녀도 있다. 몇 달 전에 이미 책가방을 사놓고 학교에 갈 생각에 빈 가방 메고 이 방 저 방 뛰어다닌 지 한참 지났다. 오늘인가 내일인가 엄마 손 잡고 학교 마당에서 뛰어볼 날을 손꼽아 기다리는 모습이 애처롭다.

지구촌 어느 한쪽에서 전쟁이 났다면 도와주기라도 하련만, 모두가 전쟁이고 야단법석이니 별도리가 없다. 고희가 지나는 동안 마스크 끼고 다닌 적이 있었는지 뒤돌아본다. 아무리 살펴도 한쪽 손가락 그 이상은 생각이 안 난다. 농협 앞에 줄 서 있고 우체국 앞에도 줄 서 있고 약국 앞에도 길게 늘어선 줄, 정말 보기 드문 장관이다. 이렇게 마스크가 귀한지 예전에는 정말 몰랐었다.

평일에는 아침 일찍 밭에 가는 옆집 할머니도 남들보다 먼저 앞자리에 서려고 판매를 시작하려면 세 시간이나 남았는데 유모차 끌고 행차시다. 밭에서 무슨 마스크가 필요할 것인가. 집 안에서 무슨 마스크가 필요할 것인가. 평생 한 번도 마스크를 쓴 모습을 본 기억이 없다. 마스크 전쟁이 심한 도시에 사는 자식과 귀여운 손자 생각에 조반을 물에 말아 먹는 둥 마는 둥 마스크 전쟁터로 삐걱거리는 유모차 절뚝이는 다리를 끌면서 용감하게 출전이다.

2019년도를 조용히 마무리하는 12월에 중국 우한시에 듣도 보도 못한 무서운 바이러스 코로나가 침략하기 시작했다. 눈에 보이지 않는 적을 맞았으니 어느 쪽을 방어할지 모르는 사이 침략당하는 범위는 날로 늘어만 갔다. 처음에는 별거 아니라고 여겼던 각국 사령관들이 분주해지기 시작했을 때, 이미 지구촌 어느 한 곳 평화로운 구석이 없다. 3월을 송두리째 삼키더니 4월도 방어하기가 힘겹다.

4월 초순인데 국내 확진 환자가 10,284명 검사 진행이 19,295명 사망 186명이나 되었다. 세계적으로 1,324,392명 사망 73,645명 가히 지구촌의 재앙이나 다름없다. 세계보건기구에서 전염병 경보 6단계 중 최상의 단계인 팬데믹을 선포했다지만, 아직도 진행형이라는데 정말 지루하고 힘들고 사람 사는 맛이 나지 않는다. 서로 체온을 느끼고 웃는 모습을 보면서 주고받는 이야기 속에 살아가는 맛이 있는데 거리 두기 운동하는데 어찌 사람 사는 재미가 있겠는가.

만나는 사람 반갑지 않고 고개 돌려 지나야 하는 세태가 싸늘하다. 주위에는 외계인처럼 온통 마스크를 쓴 알아볼 수 없는 사람들뿐이다. 마스크를 쓴다는 게 예의범절을 잘 지키는 풍토를 만들었으니 쓰지 않고는 어디에 나설 수가 없다. 마스크를 쓰고 병원에서 혈압을 재면 평시보다 높게 나온다. 나에게 배당된 산소를 제 마음대로 다 쓰지 못한 데서 기인한 것이다.

기죽어 있는 장손을 보면 걱정이 된다. 부푼 꿈을 안고 희망하는 중학교에 가게 되었다고 그렇게 기뻐했는데 어깨가 축 처져 있다. 늦어도 4월 6일이면 학교에 갈 수 있다고 했는데 또 2주 연기다. 더구나 영상으로 수업을 한다는데 얼마나 실용적일지 의문이다. 공부나 운동이나 리듬인데 감각을 잃어가는 학생들이 우려스럽다.

틈새에 선거 전쟁이 끼어든다. 빙하기를 맞은 자영업자, 줄폐업과 넘치는 중고품 속에도 투표권이 함께 있다는 게 다행스럽다. 선거에는 투표권이 실탄이다. 나중에 국민 한 사람당 세금 부담이 어떻게 되었던 선거에서 이기기 위해 투표권 사 모으기 위한 경쟁이 치열하다. 한쪽에서 50만 원 준다니까 100만 원으로 맞받아친다. 어쨌든 어려운 사람을 위해서라도 선거는 꼭 있어야 하는 것인가 보다.

경로당이 문을 닫은 지도 꽤 오래되었다. 매일 손주 태우던 낡은 유모차에 안내를 받으며, 혹은 두 발이 모자라 지팡이 도움까지 세 발로 뚜벅거리며 찾아오던 어르신들이 어떻게 지내는지 안쓰럽다. 별로 갈 곳도 없고 TV 켜는 줄은 알지, 눈은 흐릿하고 볼륨을 높이지만 별로 차도를 못 느끼시는 어르신들이 걱정이다. 늙으면 뭐니 뭐니 해도 말동무가 제일인데 이 무슨 날벼락인가.

문득 동네 100세를 넘기신 어르신 생각이 났다. 만나 본 지도 꽤 되었다 싶어 혹시나 하는 마음에 허름한 대문을 밀고 들어섰다. 옷가지 몇 개 걸치면 그득하여질 빨랫줄에 허름한 몸빼가 널려있어 안심된다.

"어르신" 하고 부르는데 육지에 사는 딸이 얼굴을 내민다.

"어떵현 완"

"뵈온 지 꽤 되고 어떻게 지내는지 궁금도 하고 해서와 봐수다"

"아이고 고마워라 나중에 맛있는 거 살게. 어머니는 걷지 못해서 방에 있지만, 아직은 별다른 건 없어." 하면서 웃는다.

100년 이상 사시면서 힘든 날이 더 많았겠지만, 건강한 것은 나라 말씀을 잘 들었기 때문이라는 생각을 해 본다. 나라에서 건강검진 받으라면 꼭 받고 바깥출입 자제하라면 집안에 박혀있고 거리 두기 하라면 떨어져 걷고 앉아야 한다. 아무리 부모와 자식 간이라도 격리하라면 돌아서서 우는 한이 있더라도 지켜야 한다. 나라 말씀이 장수 비결이라는 생각에 입가에 슬픈 미소를 띠어 본다.

요양원

꼬불꼬불한 길목을 돌고 돌아서 도착한 주차장에는 이미 삼십여 대의 차량으로 그득하다. 차량들도 오일장에서 보면 북적대고 생기가 넘쳐 보이는데 여기 주차한 차량은 모두 얌전해 보인다. 소설이 지난 낙엽수 마지막 잎새들이 차량 위를 맴돌다 제 갈 길을 찾아가는 모습이 을씨년스럽다.

소망요양원 이름이 곱다. 큰고모님이 계신 곳이다. 자주 찾아와서 뵈어야 한다는 생각은 늘 하면서도 생각대로 되지 않는다. 오늘은 무슨 소망을 기원하고 계실까. 지난번 작은고모님이 왔을 때는 왜 내가 여기 있어야 하냐. 갈 때 같이 가자고 해서 서로 울었다는데….

4·3사건에 남편을 여의고 청춘에 홀몸으로 오일장을 돌아다니면서 의류를 팔아 자녀를 키우셨다. 바삐 살면서도 마을 부인회 간부로 봉사도 하면서 미덕을 쌓았지만, 하늘같이 믿었던 아들은 고등학교를 졸업하지도 못하고 먼저 떠나갔다. 고래 같은 몸부림과 울음소리를 지금도 잊을 수가 없다.

딸에 의지하고 살아온 세월도 순탄치는 못했다. 토끼 같은 손자들 보는 낙으로 세월을 보내고 망백의 나이가 되었을 때는 고독 속에 갇혀 지내는 날이 많았다. 고목이 되면 날아가는 새도 쉬어가지 않는다고 손자들도 다 떠나고 자신의 일이 워낙 많은 딸은 가끔 찾아와 반찬 몇 가지 준비해 주는 게 고작이다.

조카이니까 자주 찾아뵈는 게 도리인 줄 알지만, 사람만 보면 살아온 이야기보따리를 매번 풀어놓고 붙잡는 바람에 쉬이 찾지 못한다. 이야기하고 싶은데 상대가 없어 모처럼 만나면 반가워함인데 듣는 입장은 그렇지를 못했다.

굼뜬 어머니 걱정을 하면서 짬을 내어 돌보던 딸이 몹쓸 병에 걸린 후 요양원에 눈물로 입소를 시켜놓고 이승을 떠나갔다. 먼저 갔다는 이야기를 차마 할 수가 없어 지금도 모르고 계신다. 가끔 왜 안 오냐 물으면 병구완하려고 미국에 갔다고 거짓을 고해야 하는 사람의 가슴은 서늘하다.

코로나19로 험한 세상이 되었다. 면회도 자유롭지 못해서 미리 예약하고 투명한 유리 너머로 마스크를 낀 얼굴로 대면해야 한다. 다행히 글을 읽을 수가 있고 눈과 귀가 정상이어서 천만다행이다. 불편하지 않냐, 먹고 싶은 것은 없냐고 적어서 보였더니 생활하는 데 어려움이 없다고 바로 답하신다.

너의 증조가 어린 자식 고모에게 맡기고 청진으로 돈 벌러 떠났다가 너의 할아버지가 열세 살 되던 해 돌아왔지만, 주막에서 술을 마시며 차마 상면을 못 할 때 동네 사람이 알려줘서 손잡고 울면서 만나 어렵게 이어온 일가다. 그간 열 번도 더했던 말을 또 하신다. 절대 조상님들 잊지 말고 번창한 가족 행복한 가정 이루라는 명령이다.

몇 시간이고 이야기하고 싶은 마음은 예나 지금이나 변한 게 없다. 시설의 규칙을 지켜야 한다. 점심시간에 맞춰 휠체어를 돌려 헤어져야 하는 시간. 지내는 데 아무 불편 없으니 바쁜데 자주 찾아오지 마라. 서로 돌아서는 발길이 천근만근이다.

근간까지 시설에 부모를 맡기는 걸 불효로 여겼다. 지금도 그리 생각하는 사람들이 예외로 많다. 예전에는 치매가 심한 부모를 방에 가두고 관리하면서 부둥켜안고 울던 이웃도 있었다. 장병에 효자는커녕 형제간에 불목하는 경우가 더 많다. 한 아버지는 열 자식을 키울 수 있어도 열 자식은 한 아버지를 봉양키 어렵다고 했다. 늙은 부모가 짐이 되고 효마저 귀찮게 생각하는 시대에 의지할 곳은 오직 국가밖에 없다.

고령화 시대다. 기하급수적으로 늘어가는 노인을 급박한 생활환경 속에서 개개인이 돌보고 책임지는 것은 불가능할 것 같다. 자식은 도리를 못 해서 울고 부모는 이를 지켜보면서 운다면 지옥이 따로 있다 할 것인가. 노인의 매우 복잡하고 다양한 신체와 정신 증상은 훈련받지 않은 일반인이 쉽게 관리할 수가 없다.

국민건강보험공단의 기준에 따라 5등급으로 나눠지고 그중 1~2등급은 정부 보조 80% 환자 2.5명당 한 명의 요양보호사가 담당하고 있는 요양원에 입소하여 혜택을 받지만, 3등급 이하는 많은 비용이 요구되는 요양병원을 찾을 수밖에 없다. 이는 너와 나의 일이 아니라 우리 모두의 일이다. 젊은 날 음으로 양으로 국가발전에 기여한 노인들이다. 심사기준을 완화하고 요양원을 국가 차원에서 확대하는 일이야말로 전 국민을 위하는 일이라 할 것이다.

(제주일보 논단 게재)

자가 격리

조산으로 부모 속을 그리도 애타게 하더니 도담도담 잘 자라줬다. 갓 돌이 지나서 발자국을 떼려고 일어서다가 쓰러지는 모습이 웃게도 하고 가슴 졸이게도 하는 손자가 왔다. 오랜만에 절같이 적막한 집안에 웃음을 선사한다. 가동가동하던 녀석이 꽤 묵직해졌다. 집에 오면 안고 밖에 나가 이것저것 만지게 하고 새로운 환경에 접하도록 해서인지 이 할아버지를 그렇게 잘 따른다.

아침에 안기려는 손자를 빠이빠이 하면서 시무룩해 하는 걸 뒤로 하고 병원으로 향했다. 삼 개월에 한 번 정기적으로 검진하고 약을 받는 날이다. 종심을 넘기면서 고혈압과 당뇨 수치가 높아 약을 먹고 있다. 택시 기사와 살아가는 얘기를 하며 병원 도착할 때까지는 신상에 염려가 일어나리라고는 상상도 못 했다.

검사실을 오가는데 전화가 왔다.

"형님, 괜찮습니까?"

뜬금없이 걸려온 마을 이장의 전화다.

"왜 그래, 무슨 일이야!" 했더니

"어제 점심 같이한 친구 중에 코로나19 확진자가 나왔습니다. 대상자 모두 보건소에서 검진받으라는 통보가 왔습니다."

이야기를 듣는 순간 머릿속이 하얘졌다.

코로나19 확산으로 환자가 늘어나고 있다. 병상이 부족하고 사망자도 늘어나고 예방접종 시기는 묘연하고 학생들 공부하기도 힘들고 자영업자는 문을 닫고 팬데믹 시대가 어떻고 해도 그런가 보다 했는데 내가 검진대상자이고 격리대상자가 될 줄이야 상상치도 못 한 일이다.

허술하게 썼던 마스크를 고쳐 쓰면서 귀가하는 동안 슬며시 부아가 치솟는다. 이는 분명 인재다. 세계를 들먹일 것도 없이 국내 사정만 하더라도 1.5단계 실행으로 거리 두기를 권장하고 있는데, 그리 바쁘지도 않은 행사를 부득불 실행하여 이런 난리를 치게 하는가. 더구나 식사까지 함으로써 상황은 더 나빠진 것이다.

천하 대촌의 향토지를 발간하는 데 일 년여 심혈을 쏟았다. 삼국시대부터 존재한 마을인데 그간 기록이 정리되지 않아 큰 마을의 면모를 새롭게 하자는 데 뜻을 모은 것이다. 마을에 거주하는 사람 중에 유일하게 필진의 한 사람으로 참여를 했고 출판을 기념하는 자리에 초청되어 참석했다.

마침 식탁 맞은편에서 식사한 사람이 확진자라는데 자신도 모르는 울분이 솟는다. 물론 당사자도 뚜렷한 증상이 없었다고 했다. 확진자가 죄인은 아닐 것이다. 일부러 행한 일도 아니고 행사 이틀 후 감기 증상으로 찾은 병원에서 판정이 되었다고 한다. 주최자를 향한 원망을 잠재우는 데 힘이 들었다. 스스로 방역수칙을 지키지 못한 후회가 막급하다. 전염병은 누가 막아주는 게 아니라 스스로 방어하는 것이라는 교훈을 되뇌이는 계기가 되었다.

집에 도착하자마자 기다렸다는 듯 팔을 벌리는 손자와 거리를 두면서 상황을 설명하고 빨리 네 집으로 돌아가라고 다그쳤다. 대문을 나서는 손자의 섭섭해하는 눈빛을 지울 수가 없다. 보건소로 향했다. 의자에 앉자마자 제사에 고기나 꿸 듯한 쑤시개에 솜을 싸서 사정없이 콧속에 집어넣는데 나도 모르게 아 하고 소리를 낸다. 콧속을 깜짝 놀라게 해서 코로나가 되었나.

이튿날 9시에 검사 결과를 알려준다고 했는데 감감무소식이다. 일손이 모자라 그런다지만, 기다리는 심정이 여삼추다. 무슨 죄인도 아닌데 선고를 기다리는 것 같이 안절부절못한다. 참다못해 전화했더니 일반인과 달리 접촉자는 검사항목이 많아 늦는다는데, 확진자와 제일 가까이 있던 나로서는 조바심이 날 수밖에 없다.

음성이지만, 자가격리 대상자로 2주간 바깥출입을 못 한다는 통보다. 한편으로는 안심하면서도 죄인 취급 받는 게 아닌가 생각하니 썩 좋은 기분이 아니다. 코로나19 감염을 예방하기 위해 집을 포함해 독립된 공간에 일정 기간 격리하는 조치에는 동감하면서도 울분이 솟는다. 확진자도 있는데 참아야지 별수 있나.

아내는 식탁에서 나는 마루에서 식사하고 각자 그릇을 챙기고 컵까지 따로 쓴다. 쳐다보는 얼굴에는 마스크를 썼고 젖은 손 한 번 잡아줄 수도 없다. 민주투사라면 가택 연금이 되어도 밖에서 응원을 보내는데 이 무슨 꼴인가. 죄인이 되어 위리안치되어도 입 막고 살지는 않았는데 도대체 무슨 꼴인가. 식사하면서 마스크를 쓸 수 없어 잠깐

벗은 게 이렇게 큰 죄가 될 줄 어찌 알았겠는가. 가슴속에는 장작불이 벌겋게 타오른다.

오늘 뉴스에는 확진자가 천명을 넘어섰다. 3단계를 고민한다는데 남의 일이 아니다. 자영업자 눈물의 폐업은 줄을 잇고 있다. 2분기에만 10만4,000점포, 상가가 문을 닫았다. 문 닫은 산후조리원 앞에서 동동 발 구르는 산모들, 이 와중에도 게스트 하우스에서 파티하는 족속들이 같은 민족이란 게 부끄럽기 짝이 없다.

마스크 벗어 던지고 손자 뽀뽀하고 친구와 술 한잔하고 노래방에서 노래하고 마음 놓고 음식 나누는 날이 언제 오려나! 아니 오기는 오려나? 격리 중인데 별의별 생각이 다 난다.

(제주일보 논단 게재)

비석거리

마을 안 동서로 길게 연결된 중심도로를 한길이라 한다. 서쪽으로 들어서는 첫 사거리에는 양편으로 비석이 즐비하다. 100m 이내에 성황을 누리던 장터가 있다. 김녕리는 유적으로 추측할 때 2500년 훨씬 이전에 설촌이 되었고 선사시대의 흔적도 있는 마을이다. 행정 체계가 정립된 것은 서기 1300년대이다. 당시에는 '천하대촌'이라고 불렀다는 큰 마을이다.

한길 따라 사거리가 여러 곳에 있다. 나름대로 부르는 명칭도 다양하다. 그중 비석이 세워진 사거리를 일컬어 비석거리라고 한다. 사거리는 고샅과 달리 넓고 편해서 아이들이 운동장 역할도 했다. 고샅 고샅마다 구슬치기 딱지치기 숨바꼭질을 하지만, 사거리에서는 공놀이까지 할 수 있으니 여간 부러운 게 아니다.

삼강오륜이 지배하던 시절 양반이 똬리를 틀고 앉은 듯 엄숙하게 지나던 거리이다. 선정을 베푼 관리와 효행을 귀감으로 삼아 후세에 전하고 이를 본받으라는 선조 님들의 깊은 뜻으로 세워진 것이다. 세워진 연대가 다르니 글씨가 다르고 재료가 다르다. 매끄럽지 않은 자연석이라도 단단한 재료의 비석은 흔적이 남았지만, 여린 재료의 비석에서는 풍상에 마모되어 그 흔적을 찾기가 쉽지가 않다.

1818년과 1841년 선정을 베푼 목사의 이름은 겨우 읽을 수 있지만, 목사 정기0 목사 이원0은 연대를 알 수가 없다. 지워지기 전에 복원했었으면 하는 아쉬움이 남는다. 1859년 효자 김칭과 1955년에 세운 효자 비석은 흔적이 생생해서 다행이다. 선정비 5기와 효자비 2기가 예전 번화했던 거리의 영광을 간직했을 뿐, 거리는 침체되고 비석을 거들떠보는 이도 없다.

얇은 비석의 엄숙함도 모르고 말 타듯 타고 놀던 말썽꾸러기들이 희수 산수가 되어 백발이 성성한 즈음에는 사거리 어느 구석에도 아이들이 없다. 사람이 친구가 아니고 기계를 친구삼는 시대, 더구나 아기의 울음소리가 신기하게 들리는데 공놀이하는 꼬마인들 구경할 수 있겠는가. 그래도 시내 초등학교는 아이들이 너무 많아 운동회도 나눠서 한다는데 텅 빈 운동장을 볼 때마다 속상하다.

비석이 세워진 사거리만 초라해진 것은 아니다. 한 길 따라 사거리마다 즐비하던 점방이 하나둘 문을 닫더니 어느새 모두 문을 닫다. 아버지의 막걸리 심부름으로 낡은 주전자 들고 많이 들락거렸는데…, 계란 하나 들고 가면 학용품과 사탕, 성냥 비누도 주던 점방 추억이 새롭다. 가까운 곳에 있는 팽나무 그늘에서 장기 두던 삼촌들은 세월이 모두 데려가 버렸고, 아기자기한 물품과 정감이 서린 점방은 마트가 모두 삼켜버렸다.

마을회관을 새롭게 건립하면서 비석 이설은 논의를 했지만, 20년이 지나는 동안 실행치 못했다. 동네에서는 점점 흉물이 되어가는 비석을 한곳에 모아서 관리하자고 목소리를 높이지만, 거리의 전통이 사라지는 것은 있을 수 없는 일이라고 하면서, 존재의 필요성을 강조한다. 동네를 대변하는 의견과 마을의 역사를 주장하는 의견 모두가 일리가 있다. 함부로 선뜻 나설 일이 아닌 것 같아 주저하지 않을 수 없다.

마을 안에 있는 평범한 팽나무도 100년 이상이면 마을의 전설과 옛일을 간직하고 있는 신목 대접을 받아 함부로 하지 않는다. 하물며 200년 이상 된 비석을 단순한 석물로 취급할 수 있을까. 어느 지도자도 선뜻 결단하기 어려웠다고 생각해본다. 점점 퇴색되어 흉물이 되어 가는 비석을 이설 보존하고 기존 자리는 정리를 함으로써 지역민이 건설적으로 이용할 때 좀 더 발전된 거리의 모습으로 변할 수 있다는 확신에 무게를 실었다.

10월 초순의 새벽 5시는 동이 트기 전이라 어둠과 밝음의 교대 준비를 하는 엄숙하고 조용한 시간이다. 비석 앞에 정성으로 제물을 차리고 무릎을 꿇었다. 두 손으로 잔을 올리고 마을 대표로 축을 고했다.

"비석거리 토지 지신께 고합니다. 그간 비석을 곱게 품어줘서 고맙습니다. 오늘 마을회관 좋은 자리로 옮겨 정성으로 관리를 하겠습니다." 동네 유지 두 분과 함께 절을 올리고 이설작업을 서둘렀다.

비석거리 역사와 문화의 흔적마저 지울 수가 없다. 장비가 빈약한 시절 선정과 효행을 기리고 후세의 본으로 삼으려고 온 힘을 다하여 세운 비석, 그리고 그 숭고한 정신을 어찌 잊겠는가. 정리하고 나서 표석을 세울 참이다. 지금까지 우리 마을의 사례를 기록했지만, 여느 마을에서도 행해졌거나 진행 중 또는 계획이 있는 평범한 이야기일 수도 있다.

새마을운동으로 경제성장에 집착하다 보니 문화적 유산이 소외된 게 아닌가 하는 생각을 해본다. 문화유산을 보존하고 살피는 일에 주민참여도 중요하지만, 행정에서부터 많은 관심이 요구된다.

(제주일보 논단 게재)

농업용수

마늘밭에 비료를 주고 농업용수 수도꼭지를 튼다. 군인들의 열병 같이 질서정연하게 설치된 관수 시설 따라 분사된 수돗물이 가랑비 내리듯 밭 전체를 촉촉이 적시고 있다. 천지개벽이라고까지 할 수는 없지만, 우리 할아버지는 꿈도 꾸지 못하고 돌아가셨다.

1970년대 중반까지 겨울철 마을 대부분의 밭은 보리밭이고 듬성 듬성 유채밭이 있었다. 하늘에 의지하는 농사였다. 비닐이 나타나더니 보리밭 유채밭이 코너로 몰리고 겨우 명맥을 유지하던 마늘 양파가 주 작물이 되었다. 귀마개 모자를 쓰고 밟던 보리밭에 비닐하우스를 짓고 새로운 작물이 들어섰다. 겨울철 아랫목에서 삶은 고구마 나눠 먹으며 정을 나누던 모습이 사라졌다. 농번기·농한기가 없어지고 다양한 작물로 인해 일 년 내내 바쁘다.

다양한 작물 뒤에서 응원하면서 쉴 틈 없이 일터로 나가게 하는 주범은 농업용수다. 1970년대 중반 관정개발이 본격화되었다. 과수원과 비닐하우스 일반 농사할 것 없이 필요한 게 물인데 의지할 곳은 지하수뿐이다. 농업용수의 95%가 지하수다. 물이 없으면 농사를 지을 수 없는 시대가 되었다.

행정에서는 소규모 급수체계를 개선 광역화하는 사업을 2024년까지 마무리할 방침이라고 하지만, 미덥지 않다. 채워지는 지하수량보다 뽑아 쓰는 양이 만만치 않다는 걸 쉽게 알 수가 있다. 바닷가에 썰물 때면 지하수가 솟아오르는 모습을 흔히 볼 수가 있었는데 근래 자취를 감췄고, 여름에는 시원하고 겨울에는 따뜻한 바위틈새에서 나오는 물줄기도 힘을 잃었다.

지하수에 채워지는 양만큼만 뽑아 써야 한다. 남발되는 개발허가에 따라 지하수는 고갈되어 가고 물 부족 시대를 예견케 하는데 걸맞은 대책은 무엇일까. 근래 시설 하우스를 허가하면서 빗물 이용시설을 강제하는 것도 좋지만, 대형골프장이나 양축농가의 물 사용량을 감독하는 일이 우선이다.

양질의 물을 도시 사람들에게 팔아야만 제주도 경제를 유지할 수밖에 없다면 남은 물이라도 절약해서 효율적으로 이용토록 하여 물에 대한 불안을 느끼지 않도록 하는 게 행정의 몫이다.

지역의 수리계를 맡은 지 1년이 되어 간다. 수리계 업무가 시작된 지는 20년이 훨씬 지났다. 그동안 관리가 제대로 되지 않아 사용량에 따라 부과해야 하는 농업용수 사용료가 90% 이상 계량기 파손으로 인하여 일률적으로 만 원씩 내는 것으로 의견이 모였다. 경작지의 크고 작음과 각종 작물 재배의 형태에 따른 불균형, 지형에 따라 고르지 못한 수급량 등 난제가 이만저만이 아니다.

수리계 규정은 일목요연하게 잘 짜여져 있다. 문제는 실행인데 전임자들이 총회에서는 잘하겠다고 약속을 하지만, 돌아서면 잊어버렸다. 내가 인수하면서 잊어버린 게 아니라는 걸 알 수가 있었다. 약속을 지키려면 많은 원성을 듣게 되어 있었다. 규정에 따르면 수리계에 신청하여 등록비를 내고 설치를 하지 않으면 50만 원의 과태료를 부과하게 되어 있다.

무단 설치자는 등록이 되어 있지 않으니 수도세 부과 없이 길게는 20년 이상 사용했다. 규정을 잘 지킨 사람과는 형평성에서 큰 차이를 보였다. 나도 전임자처럼 구렁이 담 넘어가듯 피해 가면 그만이지만, 그럴 수가 없다. 회의를 소집하고 대책을 논의했다. 무단 설치 과태료 50만 원 기간이익 20만 원 등록비 10만 원 계 80만 원 부담되는 금액이다. 농사짓는 사람의 입장이 되어 45만 원으로 정리하고 정상화하자고 제시를 했고, 이구동성으로 동의를 해줬다.

언걸먹은 일이 한두 번 아니지만, 대상자로부터 욕을 사서 먹게 되었다. 지금은 욕하겠지만 세월이 지나면 이해해 줄 거라는 신념으로 마무리에 박차를 가하고 있다. 물이 약한 곳에 수압을 올렸더니 노후 관로가 말썽을 피운다. 관계 행정에 도와달라고 애걸복걸 중이다. 역시 농사짓는 사람이 수리 계장이 되어야 한다는 얘기가 저만치서 들려온다.

행정에서 추진하는 광역화 사업에 앞서 민원을 줄이려면 계량기가 필수다. 설치하는 데 부담이 되지만, 보조와 자체 부담으로 설치할 수 있도록 노력할 생각이다. 농업용수 정상화하는 일이 버겁기는 하다. 45만 원 부담되는 금액이다. 그동안 토지이동에 따른 문제에서 책임자를 가리는 일도 만만치 않다. 이런저런 사연을 참고는 하지만 원칙에는 별다른 방법이 없다.

결재해야 하는 책상 앞을 오가며 호소하고 변명하는 힘없는 농민들을 대하면서 과연 잘하는 일인지 볼펜 잡은 손에 힘이 풀린다. 형평성을 앞세워 너무 몰아세우는 것은 아닌지 돌아보지만, 무단 설치에 항변하는 사람을 향해 "그동안 수도 요금이 한 번도 부과되지 않는다면 한 번쯤 수리계를 찾는 양심은 있어야 하는 게 아닙니까?" 질문은 하면서도 속상하다.

누군가는 해야 할 일이고 욕을 먹고 원성도 들어야 할 일이다. 다른 사람에게 떠밀지 않고 내가 떠맡은 게 속상하지만, 감수할 생각이고 미련은 없다. 역사는 나중에 평가할 것이다. 지금 부담을 지고 있는 어려운 농민들에게 죄송할 따름이다.

(제주일보 논단 게재)

마을의 충유 자산

일제강점기 지적측량을 시도한 것은 계획적인 국토관리보다는 세금으로 경제를 약탈하기 위하여 시작되었다고 한다. 현재 실제 면적보다 조금 적은 면적으로 등재된 사례를 어렵지 않게 대하는데 힘들었던 당시에 세금을 적게 내려고 노력한 결과로 보는 이도 있다. 본인이 실제 경작하는 농경지도 이러한 상황인데 하물며 주위에 불모지 또는 현황도로 주변은 어떠했을까.

교통이 불편했던 시절 측량기술자는 어디에 유숙하고 누가 돌봐줬을까. 당시 구장 또는 마을의 유지가 도와주었을 거라는 것은 그리 어렵지 않게 짐작할 수가 있다. 개인소유지 이외 공동으로 이용하는 토지가 누군가 명의로 등재할 필요에 따라 명의신탁이 되었고 장구한 세월이 흐르는 동안 아무런 불편도 소요도 없이 평안하게 이용하다 보니 명의신탁이라는 사실을 잊어버렸다.

그 후손도 마을 주민이 통행하고 공동으로 관리하는데 아무런 이

의도 제기하지 않은 점은 이미 이를 인식하고 있었기 때문이라 여겨진다. 이러한 사례가 전국적으로 적지 않아 명의신탁된 토지와 금융 등을 본래대로 정리하라는 실명제가 특별 조치법으로 시행되었다. 이에 호응하여 실행된 사례도 있지만, 미적거리다가 놓친 경우도 더러 있다.

우리 마을에도 당시 유지 이름으로 명의신탁되었던 토지를 되찾는 데 여간 애를 먹었다. 실명제 기간을 놓치고 지금은 제삼자가 매입, 현황도로마저 개인의 소유가 된 사례도 있다. 이 유지는 대부분 농경지로 유용하게 쓸 수 있는 토지가 아니라 현황도로나 암반 또는 임야로 불용토지가 대부분이다.

농경사회에서 산업의 다양화로 불용토지가 위치에 따라서는 사업체가 원하는 적지가 되는 경우를 본다. 일반국도와 붙어 있고 바다가 눈 앞에 펼쳐지는 나지막한 동산을 끼었는데 행정에서 수년 전부터 공원용지로 지목을 정해 놓고 마을과 줄다리기를 했다. 공익을 앞세운 행정의 계획을 돌리거나 맞선다는 게 쉬운 일이 아니다.

선대의 발길이 새겨진 땅, 개인의 침범을 경계하면서 측량 훨씬 이전부터 마을의 공동토지로 이용관리 되어 온 토지를 행정의 요구대로 결국 매각했다. 후대의 평가를 걱정해 보기도 하지만, 우리 마을에 훌륭한 공원이 만들어지고 마을 주민의 힐링뿐 아니라 외지의 많은 사람이 함께 어울리면서 마을이 발전하는 모습을 볼 것이라는 자부심으로 마음을 달래본다.

거액의 자금을 선대의 유산으로 쥐게 되었다. 이 운영비에 포함하여 보람있게 쓰여야 할 자금이다. 어떻게 쓰이는 게 보람된 일일까 잠자리에서까지 뒤척이며 많은 시간을 고민했다. 쌓아둬도 잡음의 씨가 되어 갈등을 싹틔울 수가 있고 그냥 나눠준다면 선대의 덕을 금방 잊을 것 같아 귀중한 자금을 허투루 할 수가 없다.

마침 마을의 묘산봉 관광단지 사업시행자가 사업 확장을 위해 투자자를 유치하면서 마을과 기존 협약서 외에 상생 조건을 추가로 삽입하게 되었다. 새로운 호텔사업 등을 시행할 때는 마을과 용역을 체결하여 인력뿐 아니라 지역 농수산물 판매, 상용 물품까지 우선권을 제공한다는 내용이다.

마을에서 직접 관여하는 것은 당연하지만, 별도의 기구를 설치하여 자금을 효율적으로 관리하면서 협약서를 발판으로 주민의 참여와 경제에 도움을 주기 위해 거금을 일일이 나눠줄 게 아니라 공동관리하자는 생각이 들었고 조합이라는 법인체를 발족해야겠다.라는 생각을 했다.

총회가 열렸고 선대의 유산을 자본금으로 조합을 창설하여 자금을 관리하고 상생 협약서를 지키면서 주민의 권익을 얻겠다고 동의를 구했다. 소수의 다른 의견도 있었지만, 대다수의 찬성으로 결정이 되었다. 전문가가 동분서주하지만, 조합이 쉽게 탄생하는 것은 결코 쉬운 일이 아니다.

창립총회일을 며칠 앞두고 머리에서는 벌써 진행 중이다. 마을에서 법인체를 창설하는 게 흔한 일도 아니고 누구에게 일임할 수만도 없다. 속담 중에 짐 진 놈이 팡을 찾는다고 했지만 버거운 느낌이다. 수일 전에 각 마을 이장과 도지사님과 대화하는 기회가 있었는데 이 사실을 전하면서 자리를 빛내주시기를 부탁했다. 너무나 바쁜 일정을 알기에 큰 기대는 안 했는데 참석해 주신다는 통보다.

마을 행사에 도백의 모습을 대한다는 것은 큰 영광이다. 실망하지 않도록 해야 한다는 부담은 있지만, 한편으로 너무나 고맙고 오래 기억되리라 생각한다. 성원해 준 모든 분에게 보답하는 차원에서라도 기대에 부응하면서 상생 협동조합의 영원한 발전을 위해서 단단한 초석이 되어야겠다고 다짐한다.

(제주일보 논단 게재)

든자리 난자리 빈자리

여름 땡볕을 제압하는 것은 예나 지금이나 둥근 보름달이 호위하는 추석인가 보다. 관에서 큰 인심을 베풀어 중간에 낀 날을 휴일로 정하고 보니 연 6일이 추석 연휴가 되었다.

코 흘릴 적에 명절은 아무 근심 걱정도 없이 보름달보다 더 환한 모습으로 천방지축 뛰어놀았다. 부모님이 명절 준비에 걱정하는 줄도 모르고 마냥 즐겁기만 했던 시절이 그립다. 할아버지가 도마에서 돼지고기를 적꼬지에 나란히 꿰어가는 옆을 쭈그리고 앉아 떠날 수가 없었다.

형제들뿐 아니라 가까운 친척까지 모여들면, 마당에서는 아이들이 신이 나서 이리 뛰고 저리 뛰며 야단법석이다. 차려입은 어른들은 기침 소리도 내지 않고 엄숙한데 차례가 끝나면 아이들은 손에 떡을 들고 입을 막고 있는데, 술잔을 든 어른들이 왁자지껄이다.

주방에 일거리는 늘었는데도 남자가 할 일이 부쩍 줄었다. 손주들이 젖 먹이였을 때는 아기구덕이라도 담당했는데 이제는 소소한 심부름꾼으로 전락했다. 보통 잘했다는 말보다는 책망 들 때가 더 많은 심부름꾼 신세가 처량하다. 그래도 상차림 할 때만은 체면을 세울 기회다. 이것 가져와라, 저것 내와라, 꾸물꾸물 뭐하냐, 목소리를 깔면 "예, 아버지." 하면서 쪼르르 잰걸음 하는 며느리들을 보면서 어깨에 힘이 간다.

명절 전날 대문을 들어서는, 인제는 훌쩍 커버린 손주들을 볼 때 반갑고 흐뭇한 감정을 숨길 수가 없다. 사촌끼리 껴안고 마당 한 바퀴 돌면서 떠들썩한 것도 잠시 방에 들어가면 조용해진다. 뭣하나 살며시 가서 보면 핸드폰을 각자 들고 기뻐하는 놈 한숨 쉬는 놈 게임에 빠져 정신이 없다.

할아버지 큰 침대에 예전에는 전부 자리하고도 여유가 있어 깡충깡충 뛰면 침대 내려앉는다고 야단했는데 중학생 두 놈이 자리하고 나니 여유가 없어 초등학생 둘은 바닥 신세다. 할아버지하고 같이할 손주는 없다. 주방이 바쁜데 누워서 TV를 볼 수도 없고 주방에서 간보라는 걸 안주 삼아 소주 한잔하고 바닷가에 가보니 웬걸 청춘남녀가 바닷가 올레길에 있는 샘터에서 사진 찍고 난리다.

추석에 조상을 기려 제를 모시고 성묘하고 형제간에 우의를 돈독히 하는 게 명절에 대한 도리인데 이 무슨 광경인가. 저 젊은이들은 조상 없이 하늘에서 뚝 떨어졌는가 아니면 땅에서 불쑥 솟아난 걸까. 우리 할아버지가 봤으면 수염을 내리 쓸면서 호된 욕을 할 것만 같다. 세태가 아무리 변해도 변하지 말았으면 하지만 대세의 흐름을 어찌 막을 수 있겠는가.

명절 전날 밤은 오랜만에 집 안이 가족들로 가득 찬다. 명절 준비

음식이 가득하고 평소 부부가 따로 자는 안팎 거리 방마다 사람들로 채워졌다. 오늘도 예외 없이 주문해 본다. 할아버지하고 같이 잘 사람이 누구냐? 예나 마찬가지로 지원자가 없다. 특별대우를 한다 해도 못 들은 척이다. 큰손주가 있을 때는 의무 방어한답시고 지원했는데 나머지는 마의동풍이다. 할 수 없이 지명하여 막냇손자를 정했지만, 밤중에 깨어보니 언제 줄행랑했는지 형들이 자는 안 거리 방으로 도망질쳤다.

절 같은 집 안 꽉 찬 상황은 명절 전날뿐이다. 명절 끝나고 늦은 오후면 예전보다 더 조용한 절로 돌아간다. 사람들이 들어왔을 때는 느끼지 못했는데 다 가고 나니 너무나 허전하다. 옛사람들이 '든 자리는 모르고 난 자리는 안다.'라는 말의 뜻을 알 것 같다. 문득 긴 연휴에도 오지 못한 딸네 가족 특히 말을 한창 흉내 내는 외손주가 생각난다. 오지 않았다는 섭섭함보다 오지 못하는 딸이 안쓰럽다.

난 자리가 아무리 넓고 황량해도 다시 볼 수 있다는 희망이 있어 빈자리와 감히 비교할 수 있을까. 젊은 시절에도 빈자리를 잊은 것은 아니지만, 돌아볼 일에 쫓겨 뜸했는데 나이가 들어 새벽에 깨어 궁싯궁싯할 때면 빈자리가 너무나 가까이 그리고 자주 흐릿한 영상이 되기도 하고 나에게만 들리는 음성이 되기도 하면서 자리에서 뭉그적거리게 한다.

바닷가 북풍이 마음대로 드나드는 허술한 돌담 안 아담한 초가다. 조그만 방 하나 밥솥 국솥 물항아리 놓고 나면 발 쭉 펼 수 없는 공간에서 할아버지는 평상시에 하나 있는 아들을 믿지 못해 죽으면 쓸 요량으로 관과 뚜껑 재료를 직접 장만하고 깔고 앉아 있었다. 가끔 하얀 수염을 쓰다듬으면서 멱서리와 짚신을 삼던 할아버지의 빈자리도 보인다. 어머니에게 욕 듣고 할아버지와 잠을 잘 때 우리 손주 고추 있나 하면서 손이 들어오면 먼저 할아버지 것을 만지면 "옛 끼" 하는 소리에 깨어나 웃던 할머니 음성도 들린다.

고생고생하시다 간 어머님과 불쌍하게 먼저 간 동생의 빈자리가 나이테가 늘어갈수록 자주 어른거린다. 자식 먼저 챙기느라 찐한 효도 한번 못하고 살포한 정 주지 못한 게 너무나 죄송하고 미안한 생각을 할 때면 가슴속이 온통 비워지는 느낌이다.

한이 맺히고 캄캄하여 아예 빈자리를 보지 못하는 사람도 얼마나 많을까. 같이 베개를 베던 사람 훌쩍 떠나보내고 꿈인가 하고 눈물마저 고갈진 힘없는 눈으로 먼 하늘을 보는 이웃이 있고, 웃으며 "병원 갔다 올게" 하고 떠난 사람 장례식장에서 맞이하는 운명도 있다. 사람 사는 세상 셀 수 없이 생기는 빈자리에 그래도 식사하러 나오라는 아내 목소리를 듣는 나는 아직은 행복한 사람이다.

멜 후리는 노래

동케코랑은 웅금은여로 엉허어야 뒈이야, 서케코랑은 소여곶으로 엉허어야 뒈이야 후렴은 차치하고, 이어지는 선창은 당선에서 멜 발을 보고 망 선에서 후림을 놓으라 닻, 배에서 진을 제왕 추저 안골 사서 안골 괘기 농갱이 와당에 다 몰려 놓고 앞 괘기랑은 선진을 놓고 뒷 괘기는 후진을 노라. 배, 터위 놈들아 윗베리를 슬쩍 들르라 한불로 멜 나간다. 그물코가 삼천코라도 베릿배가 주장이로다.

당선에 망 선에 봉기를 꼽앙 공원 제장 도임덜은 밥, 주걱 심엉 춤을 춘다. 멜은 날마다 하영 거려다 놓고 큰딸은 비양도 시집가곡 샛딸은 가파도 시집가곡 조근딸은 법환리 시집보내 동, 우리 두 늙은이만 이멜다 어떵허리 우리 옛 조상덜 허던 일을 잊어 불지 마랑은 되살려 보자.

김녕해수욕장의 해변을 선대들은 농갱이와당이라고 했다. 곁에 조그만 포구를 성세기라 하는데 주변 암반 위로 네 개의 돌기둥을 세우고 후릿그물을 쌓아 조그만 언덕을 연상케 했다. 곁에는 망선 접안이 쉽도록 해서 그물을 쉽게 실을 수 있도록 했는데, 지금의 법인체 마냥 개인 능력별로 자기자본을 출자 조성해서 이러한 그물막이 서너 개 있었다.

보통 동네 이름을 따서 고분게 접, 청굴 접, 신산 접, 아락 접으로 불렸다. 각 접마다 지도자인 제장, 공원, 심부름하는 소임을 두었다. 교대로 날짜를 정하고 농갱이와당에 투망했다. 암반 구석진 곳 하늬바람 겨우 막아놓은 6~7평 정도 낮은 그물막은 각 접이 작업하는 날 또는 결산할 때 이용했다. 움막 안에는 어르신들이 좌정했고 젊은 이들은 밖에서 파랑새 담배를 피웠다.

해방과 전쟁 격동기에는 명맥만 유지하다가 6~70년대에는 호황을 누렸지만, 이후 점차 자취를 감췄다. 그 이유로는 멸치 잡는 발동선이 집어 등을 훤히 켜고 바다를 누비게 되자 후릿그물은 맥을 출수가 없었기 때문이다. 1970년도 입대하고 3년 후 제대하고 와보니 그물 쌓았던 자리는 휑하니 남았는데 그물은 온 데 간 데 흔적조차 없었다.

1960년대 바닷가에 멸치 떼를 가두기 위해 주변 돌을 모아서 층층이 이중으로 나지막하게 쌓아 놓은 원담 안에는 팔딱거리며 놀이에 취해서 썰물이 지는 줄 모르고 갇힌 멸치 떼를 동네 사람들이 족바지로 잡느라고 성시를 이뤘다. 물때에 따라서는 시간이 불규칙하여 한밤중이 되기도 하고 새벽이 되기도 했다. 달빛이 훤한 밤은 좋지만, 칠흑 같은 밤에도 스릴이 있어 좋았다.

멸치 배가 등장하면서 원담 안까지 오는 멸치 떼가 자취를 감추었다. 생산보다 잡는 기술이 선진화한 까닭이 한몫한다. 1960년대 중반 멸치보다 더 펄쩍거리던 나이에 참여하기 힘든 농갱이와당 멜 후리는 무리에 참여할 수 있었다. 신입은 주로 닻, 배에 배치되었다. 석양이 기우는 시간 망선에 그물을 산처럼 쌓아 놓고 물때를 맞춰 출항 준비를 한다.

당선에는 지휘부인 제장과 공원이 선두 지휘하면서 앞장을 서면, 망선과 예하 배, 터우들이 뒤를 따른다. 마지막에 닻, 배가 따르면 행군 모습이 완성이다. 이후 작업 과정과 순서는 놀랍게도 멸치 후리는 노래 가사와 다를 게 없다. 숙련된 고참들이 그물을 치고 기다리면 당선에서 고함이 들린다. 밤인데도 고기가 몰려오는 소리가 들리고 잔물결이 무리 지어 요동을 친다. 때를 놓칠세라 닻, 배에서는 쳐 놓은 그물 입구를 닫기 위해 줄을 조이기 시작하는데 이보다 힘겨운 작업은 없다.

현재 그물을 기계로 끌어 올리는 것과 같은 작업을 말이 방앗돌 굴리듯 네 명의 장정이 달라붙어 죽으라고 돌린다. 그물 안에 고기가 머리를 돌리기 전에 입구를 막아야 한다. 초보는 멀미를 이기지 못해 배 난간을 부여잡고 늦게 먹은 저녁을 물고기를 위해 토해낸다. 끝날 즈음에는 모두가 기진맥진이다.

먼동이 터오는 새벽 가둔 고기떼를 고래처럼 크다고 해서 고래라고 하는 구덕에 담는 작업을 하고 여러 척의 터우에 싣고 연안에 정박하면 갈매기보다 열 살 남짓 꼬마들이 주변에 널린 순비기 줄기를 쥐고 터우에 있는 고기를 채가느라 분주하고 방어하는 고함이 드높다. 고기를 구매하기 위한 상인과 주민들이 시끌벅적한 과정을 거치면 물에 잠긴 그물을 어깨에 둘러메고 뭍 위로 운반이다.

작업 후 각자 준비한 보리밥 한 숟가락에 식초를 떨군 된장에 갓 잡은 각재기를 벗겨 찍어 먹으면 황제의 밥상이 부럽지 않았다. 어언 60년이 지난 이야기를 더듬고 있다. 당시 고참, 제장, 공원 모두 보이지 않는다. 1986년 4월 10일 멸치 후리는 노래가 제주특별자치도 무형문화재 제10호로 마을의 김경성 씨가 지정되었다. 젊은 날 멸치 후리던 작업을 하면서 노래하는 낭만은 꿈도 꾸지 못했다. 과정을 그대로 엮은 이런 훌륭한 노동요가 존재하는 게 너무나 감격적이다.

김경성 씨 여식이 후계자가 되어 전수하는데 활동이 미진하여 마을의 예술단에 노래와 작업 과정을 전수하면서 활성화를 기대하고 있다. 농갱이와당을 개인이 독점할 수 없듯이 멜 후리는 노래도 전수자 개인이 아니라, 온 마을 주민들의 자산으로 오래오래 이어졌으면 하는 바람이다.

| 작품 해설 |

'나'에서 '우리'로 치환置換한 고향의 서사
–수필집《멜 후리는 노래》를 통해 본 임시찬의 작품 세계

東甫 김길웅(시인·수필가·문학평론가)

1_들머리에

임시찬 수필가로부터 세 번째 작품집 원고를 받아 들고 깜짝 놀랐다. 그가 제주에서 손으로 꼽을 만큼 큰 마을로 알려진 김녕리 이장으로 당선돼 지난 2~3년 막중한 직무를 수행하느라 바쁜 시간을 보내는 중에 언제 60편 가까운 작품을 썼을까 하는 것이 첫 번째요, 그의 수필 7~8할이 자신의 생활이나 인생을 담은 것이 아닌, 조상들의 삶에 배어 있는 과거의 서사에 집중하고 있다는 소재의 특이성에서 오는 놀라움이 그 두 번째다. 삼라만상 초목군생이다. 수필의 소재라 하나 이런 선택은 향리, 곧 자신의 근본에 대한 남다른 애정 없이 되는 일이 아닌 때문이다. 모처럼 출간하는 작품집에 자신의 이야기를 담아내기도 빠듯할 것인데, 귀한 지면에 '나'가 아닌 '우리'를 과부하로 실었으니, 작품 해설의 글제를 〈'나'에서 '우리'로 치환한 고향의 서사〉라 하지 않을 수 없었음을 토설한다.

바람처럼 지나가는 얘기가 아니다. 여기서 화두 삼고 있는 '나'의 '우리'로의 치환을 그냥 간과할 것이 아니다. 그것이야말로 글의 소재가 보편성을 지녀야 한다는 얘기에 다름 아니어서다. 이는 곧 독자의 공감을 이끌어낼 뿐만 아니라, 더 나아가 감동을 줄 수 있는 길이 아닌가. 일상에서 만나는 상황에서 사건에 작가의 개성적인 시각과 철학적 의미를 부여함으로써 그것을 수필의 소재로 부상하게 한다. 이것은 이를테면 문장에 방점을 찍어 주는 것과 같은 맥락이다.

수필은 개인적인 체험을 질료로 일반화해 공감으로 확산시키는 의미화 작업이다. 거기에 철학이라는 진리와 결합해 종국에 이르러 작품성을 획득한다. 수필의 출발은 작가의 일상이지만, 그 도달점은 '나'가 아닌 '우리'라는 보편성이다. 이런 관점에서 임시찬 수필가(이하 '임시찬')의 '우리'는 향리라는 근원의 땅에 애정을 지닌 독자들에게도 적잖은 공감을 얻을 것이다. 표제 '멜 후리는 소리'는 멸치 떼를 휘몰아친다는 뜻이다. 한여름 새벽 마을 해안에서 벌어지던 멸치잡이 광경으로, 이 작품 또한 '나'의 '우리'로의 치환과 궤를 같이하고 있다. 본시 고향 냄새란 얼마나 짙고 진하고 달달한가. 이제, 작가의 작품 의도를 충분히 알아차릴 것 같다.

2_들어가며

① 정초에 온 마을이 들썩거린다. 꽹과리를 선두로 북과 설장구 소리, 느릿한 여덟팔자걸음 하면서 길게 수염을 단 영감도 있고, 스님도 있다. 곱게 새색시로 단장한 부인도 있지만, 단연 주인공은 거지와 총을 든 사냥꾼이었다. 흥에 겨운 몸놀림과 구경하면서 뒤를

따르는 아이들 온 마을이 시끌벅적하다. 집마다 막무가내로 들어가서 마당을 한 바퀴 돌면서 잡신 물러가라고 굿을 한다. 집주인이 고맙다고 형편에 따라 돈도 주고 곡물 몇 됫박을 내놓기도 했다.

당시 부인회가 주축이 되어 마을의 숙원이었던 목욕탕 건립을 위해서, 걸궁으로 모금 활동을 한 것이다.

-〈목욕탕의 전설〉 중에서

② 도시에 아파트 이웃들이 남남인 양 어색하게 지내는 것과 같이 촌에도 이웃들이 점차 어색해져 간다. 이웃의 불행을 같이 나누고 웃음도 함께하던 날들이 그립다. 삶은 고구마 껍질 벗기고 호호 불면서 이웃 간에 이불 덮고 앉아서 정담 나누던 시절이 엊그제 같다. (중략)

이웃의 대소사는 자기 일인 양 만사를 제쳐두고 팔 걷어붙이고 열심히 도와준다. 집이 좁으면 경계 담을 헐어 길을 내어 안방까지 내어놓는다. 그게 바로 집 이웃이다.

-〈집 이웃 밭 이웃〉 중에서

③ 병풍으로 두른 중앙에 형체 그대로 깨끗하게 장만한 100kg이 넘는 흑돼지가 머리를 동쪽으로 제단 위에 편하게 놓인 안쪽에는 벼, 조, 기장, 피로 산메를 지어 올렸다. 촛불이 가늘게 떨리는 사이로 향이 피어오르는 중간에는 일곱 가지 과일이 혼으로 쌓아 올린 석탑처럼 놓여있다.

포신은 선하고 아량이 넓은 신령이 아니고, 성질이 괴팍하고 재해를 관장하는 신이다. 제물을 정성으로 올려, "우리 마을에 재해를

내리지 말고 참아 주십시오." 하고 포제를 올린다고 하였다. 허투루
하거나 정성이 부족하면 화를 불러올 수도 있으니 성의를 다할 수
밖에 없다. 마을 안 곳곳에 금줄을 치고 부정 출입을 통제하고 이
기간에는 밭에 거름이나 농약 살포까지 자제한다.

-〈포제〉 중에서

①은 마을에 목욕탕을 건립하기 위해 부녀회가 주관하는 걸궁으
로 가가호호를 도는 모습인데, 쉽게 볼 수 있는 풍경이 아니다. 꽹과
리를 앞세운 걸궁 팀이 나서서 돌아다니고 있다. 온마을이 신바람으
로 들썩이는데, 목표가 달성된 것은 말할 것도 없다. 얼쑤 얼쑤 어깨
들썩이는 추임새가 볼 만하다.

②는 이웃이 서로 베풀고 나누는 인정과 어려움을 당한 이웃을 열
일 젖혀놓고 상부상조할 뿐 아니라, 장소가 좁으면 울담 허물어가며
집을 내놓는 것도 서슴지 않는 옛날의 마을 인심을 못내 그리워하고
있다. 시대가 변했다고 지나치기 쉽지만 허망함을 지울 수 없다. 시
간이 흘러도 화석처럼 남는 게 있다. 사람이 사람다움이다.

③은 포제(동제, 洞祭)를 치르기 위해 정성을 기울여가며 준비하는
현장이다. 해마다 정월 정일丁日에 지내는 이 행사는 마을의 평안과
풍년을 신에게 간절히 기원하는 의식이다. 단지 샤머니즘적 측면에
서 볼 게 아닌, 마을이 대동단결하는 계기를 확인하는 제의祭儀로서
의 의의를 지닌다. 오늘의 농촌이 급격한 도시화 과정을 겪고 있지
만, 지금도 봉행하는 곳이 적지 않다. 요즘 젊은이의 글에선 볼 수 없
는 소재라 상당한 의미로 다가온다. 더욱이 포제는 다른 지방에 없는
제주 특유의 제의이기도 하다.

①, ②, ③ 모두 '나' 아닌 '우리', 임시찬의 고향 김녕리에 초점을 맞추고 있다. 이곧, 소중한 우리의 풍습이고 문화이고 삶, 결국 근본에 대한 사랑의 마음에서 발원한다.

> 한옥 널찍한 마루 한가운데 화선지가 펼쳐져 있고 곁에는 듬직한 벼루에 정성으로 갈아놓은 먹물과 붓 두 자루가 놓여있다. 언제부터 마시기 시작했는지 당시에는 구경조차 힘든 양주 한 병이 비어있다. 게다가 새 병마개가 따 있는데 선생의 얼굴은 이미 불콰해 있었다. 이런 상태에서 붓을 잡을 수 있을까 의아해하는데 큰 붓을 주먹 안에 꽉 힘주어 잡는다. 먹물 한번 묻히고는 하얀 한지 위로 '어이쿠' 하며 쓰러지는데 글 받기는 틀렸구나! 생각하는 찰나 꼭 필요한 곳에 점 하나 찍는 게 동시에 일어났다. 기인이란 이를 두고 하는 말인가.(중략)
>
> ―〈사필귀정事必歸正〉 중에서

대교고졸大巧古拙이란 말이 있다. 큰 솜씨는 흡사 서투른 솜씨처럼 보인다는 뜻이다. 피카소 그림은 아동화가 아니다. 이건 그냥 논리가 아니다. 심오함으로 가득한 말, 도道의 현묘玄妙함을 빗대어 완곡하게 이른 것이다. 인위적인 기교를 최대한 배제할 때 비로소 무위자연無爲自然의 소박미에 이른다. 기교 아닌, 예스러운 우아한 멋이 풍겨 나온다는 얘기다. 글 속의 서예가가 취중에 찍은 점, 그것은 점이 아닌, 화룡점정畵龍點睛이 아닌가. 그 마지막 찍은 한 점이 작품을 완성했다. 사필귀정이다. 임시찬의 글이 점차 섬세, 치밀해지고 있어 눈길을 끈다.

하나 있는 아들이 거처에서 제사를 어련히 알아서 잘하리란 걸 믿지만, 대처에서 행하는데 갈 수가 없다. 영혼이 있다면 나고 자란 거처를 돌아보고 갈 것이란 생각에 조촐한 상을 차리기로 했다.(중략) 상 앞에 앉아 동생의 손이 거쳐 갔을 잔을 들고 마셨다. 동생과 뒹굴며 자라던 퇴색한 추억과 지나온 날을 되뇌이며 비록 희미해지긴 해도 지워지지 않는 흔적이 취기가 오를수록 방안 구석구석 튀어나온다.

"여보! 우리가 제사 명절 모시는 중에는 어머니 곁에 동생 잔도 같이 놓도록 합시다." 또렷하지 못한 나의 요구에 "그렇게 해요." 답해 주는 아내의 목소리가 곱다.

-〈동생이 오는 날〉 중에서

손아래 동생이 시름시름 앓다가 세상을 떠났다. '한 가지 일에 꾸준히 종사하지 못하고 무지개를 좇아 가리산지리산하는 삶이 미워서, 형 바라기인 줄 알면서도 시린 손 한 번 잡아주지 못했다.'고 동생의 죽음 앞에서 통한의 후회를 한다. 더군다나 아버지 같은 형님이라 나를 의지하다 먼저 간 막냇동생이다. 얼마나 가슴 아팠을 것인가. 토정하려 했으나 글로 이루 표현하지 못한 채, 온몸으로 울먹였을 오열이 행간으로 새어나와 출렁이며 행간을 넘는다. 오죽 설웠으면 동생 제사를 지내려 했을까. 바로 이것이다. 동기간의 도타운 사랑에서 정 많은 임시찬의 내면을 들여다보게 한다.

명절 하루 전날이 떡 하는 날이다. 일 년에 두 번 할머니와 어머니가 마주 앉아 콧등에 떡가루가 묻는 줄도 모르고 부지런히 송편을 만들던 날이다. 어린 날 내가 제일 좋아했었지. 오늘도 떡 하는 날은 어김없이 왔건만, 집집마다 떡 한다고 분주한 모습도 길가에 떡 들고 다니는 아이도 없이 퇴색해버린 이 날이 별로 즐겁지 않다. (중략)

쌀도 고기도 흔한 풍요로운 세상이 되었다. 집에서 송편 만들지 않아도 되고 단오명절은 은근슬쩍 사라졌다. 시루떡 찐다고 좁은 부엌에 초가집 얽다 남은 줄로 만든 방석에 앉아 연기 때문에 눈물 닦던 할머니와 어머니가 떠난 후 시루도 함께 떠났다. 조상 배우 제사는 합제로 모시고, 조상 묘를 한곳에 모아 가족묘를 만들어 가는 게 요즘 대세다.

-〈떡 하는 날〉 중에서

시대를 흐르는 변화의 세찬 물결은 있던 것을 없게 하고, 않던 것을 새로 하게 할 만큼 혁신적이다. 풍속을 바꿔놓고 생활양식을 고쳐 놓는다. 그게 진화일 수도 있으나 그런 변천이 법고창신으로 누습에 대한 새로운 전통 창조의 의지가 결여된다면, 사회 발전을 저해하는 혼란과 신구 대립의 갈등을 조장할 것은 불 보듯 한 일이다. 임시찬 은 명절을 맞아 옛날 떡 하는 날을 회상하며 금석今昔의 변화 기류를 절감한다. 요즘 명절에 송편 빚고 눈물 흘리며 시루를 안치는 집은 없거나 그리 많지 않을 것이다. 떡집에 가 사 오면 된다. 묵도 육적도 전도 돈만 있으면 해결된다. 제사도 양위 합제로, 자시 파제는 옛말 이 된 지 오래다. 심지어는 명절 차례에도 불구하고 연휴에 구름 인 파가 인천공항을 뒤덮는 작금이다. 우리는, 편리를 얻은 대신 인간을 잃은 슬픈 시대를 살고 있다. '떡 하는 날' 정지(부엌)에서 시루떡을 찌느라 연기에 눈물 흘리던 할머니와 어머니의 모습을 그리워하는 이 한 편의 수필에서 없어진 것, 잃어버린 우리 고유의 것을 회상의 공간에서라도 함께 떠올릴 일이다. '나'와 '우리'를 성찰하게 하는 좋은 글이다.

> "이번 사진에 빠진 사람은 가족으로 인정하지 않겠다."라고 으름장을 놓았다. 물론 작은며느리를 겨냥했지만, 모두 참석하라는 통보다. 딸네가 떠나가면 모이는 게 어렵겠다는 걸 염에 두고 한 말이기도 했다. 대가족이 찍힌 사진을 보며 다시 한번 어머니와 동생들 사진이 없는 걸 생각하면 우울해진다.
>
> 바다 건너 딸네 집에 걸린 사진을 보며 아직 말은 못 하지만, 할아버지 하면 손으로 짚는다는 세 살배기를 떠올리면 '그래, 내세울 만한 일은 없지만, 일가를 이루었으니 조상님께 뵐 면목은 세웠다는 마음 든든하다.'
>
> — 〈가족사진〉 중에서

집에, 나이 50대, 60대, 70대 가족사진이 걸려 있다고 했다. 아들딸 손주까지 다 모였으니 대가족 사진이다. 온 가족이 다들 활짝 웃는 얼굴이 그려진다. 임시찬은 화목한 가문을 이룬 가장으로 행복한 노년을 살고 있다. 마지막 문장에서 성공적으로 인생을 살아온 그가 자족自足해하는 모습을 대하게 된다. 갑자기 그 가족사진이 탐난다. 가족을 끌어안는 임시찬의 가슴은 얼마나 얼마나 넓고 따뜻할 것인가.

종심의 나이에 선거판에 뛰어든다는 것은 거의 미친 짓이다. 정말 싫었다. 젊었을 때는 돈도 빽 도 없으니 당선의 기회를 발판 삼아 더 높고 넓은 곳으로 나래를 펴고 싶은 욕심에 앞뒤 가리지 않고 의욕만으로 여러 번 나선 경험이 있다. 거듭된 실패로 접어야만 했고 세월의 흐름 속에 날아갈 곳을 모두 잃었다. (중략)

선거운동 기간 내내 응원과 격려를 아끼지 않으셨던 선배님이 종이가방에 곱게 포장한 신발을 내밀면서 "그간 똑같은 신발을 신어 봤는데 너무 편해서 자네에게 선물하네! 누구에게도 신발 선물한 적 없는데 이 신발 신고 열심히 다니라고 선물하는 걸세" 산수를 넘기신 선배님이 손수 신발을 들고 찾아오셔서 손에 직접 쥐여주는데 마음이 찡했다.

선배님의 기대에 보답해야겠다는 마음을 재충전하면서 오늘도 신발 끈을 조여 신고 대문을 나선다.

-〈잊지 못할 선물〉 중에서

임시찬은 종심의 나이를 무릅쓰고 김녕리(동·서 김녕리가 하나로 통합된) 이장 선거에 출마해 당선되는 과정에서 인생에 대해 많은 것을 겪고 느끼고 배우고 성찰했을 것이다. 김녕리는 제주에서 손꼽히는 큰 마을이다. 선거가 끝났으니 이전으로 돌아가 하나로 단합해야 한다. 그러려면 사람 앞에 옳고 곧고 신실信實해야 함을 선거를 통해 익히 깨달았다. 마음을 가다듬는데, 연로한 선배로부터 신발 선물을 받았다. 직접 내 손에 쥐여준 신발, 향리 발전을 위해 부지런히 뛰라는 깊은 뜻이 담겨 있어, 돈 주고 살 수 없는 선물이다. 임시찬은 인심을 얻은 사람이란 생각에 더욱 훈훈하다.

21년 10월 '만장문화예술단'이라는 깃발을 높이 세우고 풍물반, 민요반, 댄스반 각각 20명씩 대단원으로 조직을 완료하고 창단식에 참여한 많은 사람의 박수를 받으면서 출발했다. 수소문 끝에 내로라하는 강사진을 초빙 전임토록 하여 일주일에 이틀씩 연습이다. 단원의 평균나이가 65세 이상이다. 직장이나 농사일로 바쁘고 집에 오면 쉬고 싶은 나이인데 다들 열성적이다.

"이 조직에 참여한 것은 행운입니다. 이 시간에 TV 연속극이나 보면서 울거나 웃거나 할 텐데 나와서 모든 스트레스를 날리고 늙어가면 말할 상대도 귀한데 마음껏 이야기도 나누고 얼마나 좋습니까?" 모두가 손뼉을 쳐가며 동감이다. (중략)

오늘 행사에서도 처음 길트기로 풍물반이 한바탕 뒤집어 놓고, 한복에 미장원 머리로 단장한 할머니들의 민요 가락과 신나는 지루박과 블루스를 추고 내려오는 단원 한 사람 한 사람이 이렇게 대견할 수가 없다.

-〈풍악이 울리던 날〉 중에서

임시찬이 향리에 발족한 만장문화예술단의 단장으로서 단원을 격려하고 있는 현장이다. 재능에 타고난 끼가 예술단의 중책을 맡게 함으로써 단원을 관리하느라 애쓰고 있다. 팀을 이곳저곳에서 초청받는 예술단 수준으로 육성했을 뿐 아니라, 전국민속경연대회에 참가해 장려상을 받는 등 좋은 기억을 갖고 있다. 뒤늦게 수필로 등단한 것도 순전히 그의 예술적 감성의 발현이다. 글의 제목인 〈풍악이 울리던 날〉에는 준비하며 기다려온 축적된 고통의 시간이 있었다. 치열했다. 임시찬에게도 이런 성취의 뒤안이 있었다. 재기발랄한 표현이

보인다. '길트기로 풍물반이 한바탕 뒤집어 놓고…'

1960년대 중반 멸치보다 더 펄쩍거리던 나이에 참여하기 힘든 농갱이와당 멜 후리는 무리에 참여할 수 있었다. 신입은 주로 닻, 배에 배치되었다. 석양이 기우는 시간 망선에 그물을 산처럼 쌓아 놓고 물때를 맞춰 출항 준비를 한다.

당선에는 지휘부인 제장과 공원이 선두 지휘하면서 앞장을 서면, 망선과 예하 배, 터우들이 뒤를 따른다. 마지막에 닻, 배가 따르면 행군 모습이 완성이다. 이후 작업 과정과 순서는 놀랍게도 멜치 후리는 노래 가사와 다를 게 없다. 숙련된 고참들이 그물을 치고 기다리면 당선에서 고함이 들린다. 밤인데도 고기가 몰려오는 소리가 들리고 잔물결이 무리 지어 요동을 친다. 때를 놓칠세라 닻, 배에서는 쳐놓은 그물 입구를 닫기 위해 줄을 조이기 시작하는데 이보다 힘겨운 작업은 없다. (중략)

먼 동이 터오는 새벽, 가둔 고기 떼를 고래처럼 크다고 해서 고래라고 하는 구덕에 담는 작업을 하고 여러 척의 터우에 싣고 연안에 정박하면, 갈매기보다 열 살 남짓 꼬마들이 주변에 널린 순비기 줄기를 꺾어 터우에 있는 고기를 채가느라 분주하고, 이를 막는 고함이 드높다. (중략)

작업 후 각자 준비한 보리밥 한 숟가락에 식초를 떨군 된장에 갓 잡은 각재기를 벗겨 찍어 먹으면 황제의 밥상이 부럽지 않았다.

〈멜 후리는 노래〉 중에서

'멜'은 멸치 제주방언, '후리다'는 한 방향으로 세차게 몰아 제친다는 뜻, 표제인 〈멸치 모는 노래〉는, 곧 멸치 잡을 때 흥을 돋우기 위해 일의 현장에서 여럿이 협동으로 부르던 일종의 노동요다.

모두에 소개됐다.

"동케코랑은 웅금은여로 엉허어야 뒤이야, 서케코랑은 소여곳으로 엉허어야 뒤이야⋯당신의 망선에 봉가를 꼽앙 공원 제장 도임덜은 밥, 주걱 심엉 춤을 춘다. 멜은 날마다 하영 거려다 놓고 큰딸은 비양도 시집가곡 샛딸은 가파도 시집가곡 조근딸은 법환리 시집보내 동, 우리 두 늙은이만 이 멜 다 어떵허리. 우리 옛 조상덜 허던 일을 잊어불지 마랑은 되살려 보자."

'멜 후리는 노래'가 흥겹다. 멸치를 후리면서 세 딸 시집보내고 나면 이 멸치를 어떻게 할 것이냐⋯. 멸치어장은 그야말로 풍어였던 모양. '멜 후리는' 작업이 이뤄지던 조직적인 과정까지 담고 있다. 동살 무렵부터 멸치를 실은 배가 들어오기를 기다리던 아이들이 멸치를 낚아채는 장면 묘사가 사실적이라 웃음을 자아낸다. 어황이 좋은 날 온 마을 사람들이 싱싱한 멜국을 끓여 식탁이 풍성했고, 집집마다 싼값에 사들인 멜로 멜젓을 두세 독씩 담가 연중 밑반찬이 됐다.

6~70년대까지 호황이던 멸치어장이 대낮같이 집어등 밝힌 발동선의 출현으로 감쪽같이 자취를 감추고 말았다. 임시찬은 간절한 바람을 마지막 문장에 담고 있다. "〈멜 후리는 노래〉가 오늘에 전수돼 마을 사람의 자산으로 오래 이어졌으면 하는 바람이다."

단절은 문화와 전통의 맥을 끊어놓는다. 온고지신해야 하는 이유가 바로 여기에 있다. 작품 속속들이 '나' 아닌 '우리'의 의식이 배어 있다. 표제작답다.

3_나오며

임시찬은 수필에 목마른 작가다. 이번 3집에 60편 가까이 실으려는 걸 깊이 숙고토록해 54편으로 줄였다. 개인 작품집은 손에 쏙 들어오는 맛이 있어야 좋다. 그게 여백이다. 너무 두꺼우면 부담스럽다. 독자가 읽게끔 길을 트는 것도 작가 몫이다. 작품을 하나의 문학으로 완성하는 것은 독자다. 작가와 독자가 교호 소통해야 한다. 실으려 했던 작품을 덜어낸 것은 안타까운 일이나, 오래지 않아 4집을 재촉하는 빌미가 될 수도 있다. 임시찬의 수필 창작을 향한 열정이 4집, 5집으로 이어지리라 굳게 믿는다.

한 가지 권하고 싶은 게 있다. '아포리즘수필을 써보면 어떨까. 아포리즘 수필이란 글의 초단편화로 5매 장편수필을 뜻한다. 수필은 인간학이다. 작가 내면의 나상裸像을 자기만의 감성으로 그려내는 한 폭의 수채화다. 퓨전문학의 출현으로 시와 수필이라는 장르의 경계가 상당히 허물어지고 있다. 짧은 수필에서 시작詩作의 쾌락을 경험할 수도 있을 것이다. 나는 수필집을 펴면서 아포리즘수필이 들어 있는지부터 보는 사람이다. 편협한 태도인지는 몰라도 작가의 치열성을 바라보는 척도로 적합한 시선이 되지 않을까 싶다. 탈장르로 가는 것이다. 장르의 벽을 무너뜨리면서 긴 것, 힘든 것에서 달아나 짧고 쉽고 간결한 것으로 새 세대의 목마름을 적셔주는 장르다. 요구하는 바에 귀 기울이고 실행에 옮길 것을 적극 권한다.

또 하나. 교과서적인 얘기지만 다시 환기하고 싶다. '수필은 어휘'다. 단순히 글 쓰며 구사할 수 있는 자기 어휘를 가져야 한다는 것이 아니다. 그만큼 언어를 많이 끌어안기 위해 연마해야 한다는 의미가 내포돼 있다. 임시찬의 글쓰기는 가파르게 진화해 왔다. 그런 변화 속에는 새로운 어휘를 소유하려는 노력 외에도 정제된 문장 질서에의 갈망이라는 고민의 가쁜 호흡까지를 포함한다. 작가로서의 영지領地, 그 외연을 상당히 확장했다는 문학적 성과를 지적해 두려 한다.

글쓰기가 일상 속으로 편입되면 쓰지 않고는 못 배기므로 글을 쓰게 된다. 수필 쓰기에서 열락悅樂의 경지를 맛보는 것이다. 임시찬은 이미 그런 지점에 이른 작가다. 이제 조금만 더 수필에 겸손해 다가 갔으면 한다. 그게 곧 독자를 감동시키는 것에 다름 아니다. 부디 건필하기 바란다.

임시찬 제3수필집

멜 후리는 노래

초판 인쇄   2024년 5월 30일
초판 발행   2024년 6월 10일

지 은 이 임시찬
펴 낸 이 노용제
펴 낸 곳 정은출판
등   록 신고 제301-2011-008호(2004. 10. 27)
주   소 04558 서울시 중구 창경궁로1길 29. 3F
전   화 02)-2272-8807, 02)-2272-9280
팩   스 02)-2277-1350
홈페이지 www.je-books.com
이 메 일 rossjw@hanmail.net

ISBN 978-89-5824-504-9 (03810)

ⓒ 정은출판 2024
값 14,000원